이만큼 했으면 괜찮은 부모 아닙니까

이만큼 했으면 괜찮은 부모 아닙니까

엄마로 살아낸 시간 끝에서 전하는 회복의 기록

초 판 1쇄 2026년 02월 20일

지은이 김미영
펴낸이 류종렬

펴낸곳 미다스북스
본부장 임종익
편집장 이다경, 김가영
디자인 임인영, 윤가희, 윤영빈
책임진행 김은진, 이예나, 안채원, 국소리, 송가희. 이지영

등록 2001년 3월 21일 제2001-000040호
주소 서울시 마포구 양화로 133 서교타워 711호, 808호
전화 02) 322-7802~3
팩스 02) 6007-1845
블로그 http://blog.naver.com/midasbooks
전자주소 midasbooks@hanmail.net
페이스북 https://www.facebook.com/midasbooks425
인스타그램 https://www.instagram.com/midasbooks

© 김미영, 미다스북스 2026, *Printed in Korea*.

ISBN 979-11-7355-722-4 03810

값 19,000원

미다스북스는 다음세대에게 필요한 지혜와 교양을 생각합니다.

엄마로 살아낸
시간 끝에서 전하는
회복의 기록

김미영 지음

이만큼 했으면 괜찮은 부모 아닙니까

나를 잃게 한 시간이 아닌, 나를 되찾은 시간

"아이를 키운다는 건,
결국 나를 키우는 일이었다."

미다스북스

부모로 살아온
시간에 대하여

나는 이 책의 제목을 『이만큼 했으면 괜찮은 부모 아닙니까』라고 이름 지었다. 이 제목에는 나의 지난 세월과 마음이 모두 담겨 있다. 적어도 내가 아는 세상, '이런 세상에 나오지 않았더라면….' 아이들을 세상에 낳아놓고, '낳은 죄'라는 말처럼 벗어날 수 없는 죄책감을 품고 살아왔다. 그 무게는 언제나 나를 따라다녔고, 그래서 더 최선을 다해 아이들을 지켜내야 한다는 다짐으로 이어졌다.

그러나 그 길 위에서 나는 늘 부족했고, 완전할 수 없었다. 그래도 돌아보면, 나만의 방식으로 최선을 다해 살아왔기에 후회는 거의 없다. 내 몫의 사랑과 헌신을 다 건넸고, 그것이 아이들에게 '자유'라는 편안함과 따뜻함으로 닿기를 간절히 바랐다. 어쩌면 이 제목은, 그 긴 세월의 고백이자, 스스로를 향한 위로이고, 같은 길을 걸어온 부모들에게 손 내밀고 싶은 마음이었을 지도 모르겠다.

아이를 낳는 순간부터 나는 내 이름으로 불리지 않았다. 어느새 사람들은 나를 "누구 엄마"라고 불렀다. 이름은 지워졌고, 나라는 존재는 뒤로 밀렸다. '엄마는 짜장면이 싫다고 하셨어'라는 어느 노래의 한 구절처럼, 취향은 늘 미뤄졌고, 욕망은 감춰졌다. 아이의 웃는 얼굴을 볼 수 있다면 그것으로 충분하다고, 그렇게 믿으며 스스로를 지워내는 훈련을 해왔던 것이다. 그러나 그 과정은 언제나 달콤하기만 한 것은 아니었다. 지워진 자리에 남은 것은 공허와 죄책감이었으니까.

삶은 언제나 균열을 품고 있었다. 부서진 집을 지키려는 손끝처럼, 금이 간 현실을 애써 붙잡아야 했던 날들이 있었다. 아이에게만은 그 균열이 전해지지 않기를 바라며, 내 손으로 금을 가렸고, 또 덧발랐고 때로는 피가 나도록 움켜쥐었다. 아이가 세상 앞에 무너지지 않기를 바랐던 그 손짓들. 그 손짓들은 아무도 모르는 사이에 내 마음을 조금씩 조금씩 갉아먹고 있었다.

그러나 아이가 성인이 된 이후에도, 부모의 자리는 여전히 무거움이 존재하고 있었다. 아이들이 넘어지며 알게 되는 돌부리 같은 고통을 미리 얘기해주고, 치워주고 싶지만 그럴 수 없었다. 내가 아무리 손을 뻗어도, 그 길은 아이가 스스로 걸어가야 하는 길이었다. 부모의 한계는 바로 거기에 있었다. 도와주고 싶지만, 도와줄 수 없다는 무력감…. 그것이야말로 부모라는 존재가 평생 안고 가야 할 숙명이었다.

이제는 말하고 싶다. "이만큼 했으면 괜찮은 부모 아닙니까." 나의 삶을 갈아 넣어 아이에게 자유를 주고 싶었던 이 길, 부서진 집을 붙잡던 두 손, 아이가 돌부리에 넘어져 피투성이가 되더라도 끝내 일어서기를 바라는 그 마음. 이 모든 과정을 지나온 지금, 조금은 떳떳하게 이 말을 꺼낼 수 있지 않을까.

이 책은 부모라는 이름 속에 갇혀 있던 한 인간의 기록이다. 동시에 아이에게 '자유'라는 선물을 건네고자 했던, 그러나 그 과정에서 자신을 잃어버린 한 엄마의 고백이기도 하다. 그리고 언젠가 다시 '나'라는 이름으로 살아가기 위한 간절한 발걸음의 기록이기도 하다.

　　　　　　　　　　이만큼 했으면 괜찮은 부모 아닙니까

Chapter 01

부모라는 이름 아래, 사라져간 삶

부모가 되는 순간,

삶은 조금 다른 방향으로 흘러갑니다.

그 길이 틀렸다고 말할 수는 없지만,

그 길 위에서 나는 자주 보이지 않게 됩니다.

이 장은, 사라진 것이 아니라,

잠시 뒤로 밀려난 '엄마의 자리'에 대한 이야기입니다.

낳아야 한다는
말들

말을 건네는 생각

"우리는 태어나면서부터 자유를 잃고 관습 속에 묶인다." (니체)
"우리는 원하는 대로 태어나지 않았고, 원하지 않는 길을 걷는다. 그러나 결국
그 길에서 자기 자신을 발견하는 법을 배워야 한다." (쇼펜하우어)

나는 태어남을 선택하지 않았다. 결혼과 출산 또한 나의 선택이 아니었다. 그저 시대의 목소리에 떠밀려 인생의 가장 큰 결정을 내린 것이다.

2002년…. 지금으로부터 23년 전, 어떻게 보면 불과 20년밖에 지나지 않은 가까운 과거이지만, 그때의 결혼 문화와 지금의 풍경은 참 많이 달랐다. 그 당시에는 결혼이 '선택'이 아니라 '필수'였다. 따라서 결혼하지 않은 여자는 마치 제 기능을 다하지 못한 사람처럼 사회의 어딘가에서 결핍된 존재로 여겨졌다. "결혼은 언제 해?", "결혼은 안 할 거야?", "결혼은 왜 안 했어?"라는 질문은 일상의 인사말처럼 따라다녔고, 결혼하지 않은 여자는 어딘가 문제 있는 사람처럼 취급당하기 일쑤였다.

나도 그 흐름 속에 있었다. 서른 중반, 노처녀라는 이름표를 달고 있었다. 직장에서 열심히 일하며 나름의 자리를 쌓아가고 있었지만, 주변의 시선은 늘 같은 곳을 향했다. "언제 결혼할 거야?" 그 물음은 단순한 호기심이 아니라, 사회적 압박에 가까웠다. 어느새 나의 주변 친구들은 하나둘씩 결혼을 하고, 아이를 낳으며, 삶의 다음 장으로 넘어가고 있었다. 그 무리에서 홀로 남은 나의 모습은 왠지 더 초라하게 느껴졌고, 결국 '노처녀 딱지'를 떼기 위해 급히 결혼을 선택했다.

그런데 단순히 결혼만으로 끝나지 않았다. 다음 순서로써 아이를 낳는 일이 기다리고 있었다. 결혼을 했다면 당연히 출산으로 이어져야 한다는 묵시적이고도 거대한 사회적 합의라고 볼 수 있었다. "언제 아기 낳을 거야?"라는 질문은 결혼식 축가처럼 뒤따라왔고, 그 물음 뒤에는 사실상 강요에 가까운 압력이 숨어 있었다. 마치 아이를 낳지 않으면 결혼 자체가 온전하게 완성되지 않는 것처럼 말이다. 지금 생각해 보면, 한 가정을 이루어낸다는 게 참으로 쉽지 않은 일인데, 그 당시엔 마치 공장에서 물건을 찍어내듯 누구나 다 치러야 하는 의식이었다.

그렇게 나는 두 아이를 낳았다. 어떻게 보면 가장 축복받아야 할 탄생의 순간조차도 지금에 와서 생각해 보니 '강요된 과업의 완수'라는 뉘앙스가 짙게 깔려 있었던 게 아니었나 싶다. 물론 아이를 낳고, 기르면서 얻는 기쁨과 사랑은 부정할 수 없는 선물이었지만, 그 시작은 나의 자유

　　　　　　　이만큼 했으면 괜찮은 부모 아닙니까

로운 선택이 아니었던 게 사실이다. 그 시절엔 무엇이 그리도 급했는지 모르겠다. 남들이 하니까 그대로 따라 하는, 그런 주체성 없이 휭한 삶의 모습이었다. 가끔 생각해 본다. 예전의 내가 지금의 나라면 과연 결혼을 선택할 수 있었을까?

'나'라는 존재가 '엄마'라는 존재로 바뀌면서 육아의 무게는 고스란히 엄마인 나에게 지워졌다. 그 당시, 어린이집이나 국공립 보육 시설은 턱없이 부족했고, 남편들의 육아 참여는, 어떻게 보면 있을 수 없는 얘기였다. 물론 그렇지 않은 경우도 몇몇 있었겠지만, 지금과는 확연히 다른 모습이었다. 사회는 여전히 여성을 전업주부로 전제하고 있었고, 아이를 돌보는 일은 선택이 아니라, 본능적 의무로 간주 되었다. 그때의 나는 가족을 꾸린 것이 아니라, 마치 시대가 내게 시킨 과제를 수행하듯 결혼과 출산을 치러냈던 것 같다.

철학자 장폴 사르트르는 인간의 본질은 자유에 있다고 말했다. 그러나 나의 젊은 날은 자유라기보다 타인의 시선에 의해 각본이 짜인 무대를 걷는 듯했다. 태어남을 선택하지 않았듯이 결혼과 출산 또한 오롯이 나의 목소리로 결정한 일이 아니었다. 누구나 다 해야 하는 결혼과 출산! 그 시절을 관통하던 사회적 목소리가 내 안의 목소리를 덮어버렸고, 나는 그 흐름 속에 몸과 마음을 맡긴 셈이다.

돌이켜보면 그 선택은 내 삶의 가장 근원적인 부분에 그림자를 드리웠다. "나는 누구인가? 나는 정말 원해서 이 길을 걸어온 것인가?"라는 물음은 이후 수십 년 동안 나의 깊은 내면을 따라다녔고, 아이를 키우는 과정에서 지치고, 좌절할 때마다 다시 고개를 들곤 했다. 그때마다 '만약 결혼을 하지 않았다면 어땠을까?'라는 생각도 해보지만, 그 또한 도저히 상상할 수 없는 일이다. 미우나 고우나 이미 아이들과의 유대관계가 형성된 상태에서 아이들을 볼 수 없다는 것은 결국 빈껍데기 삶과도 같을 테니까.

지금의 젊은 세대는 결혼을 하지 않겠다고, 아이를 낳지 않겠다고 당당하게 선언한다. 어떤 이는 그것을 이기적인 선택이라고 말하기도 하지만, 나는 오히려 그것이야말로 진정한 자유의 실천이라고 생각한다. 그 자유를 온전히 누리지 못했던 세대이기에 그들의 목소리에 오히려 위로를 받을 때가 있다. 그래서 우리 아이들에게도 결혼과 출산은 각자의 몫이라고 얘기한다. 스스로 결정하고, 스스로 책임지는, 그런 온전한 자유 말이다.

"우리는 태어나면서부터 자유를 잃고 관습 속에 묶인다." 이 문장을 생각해 보면, 고개가 끄덕여진다. 그래서 나는 아이들에게 늘 죄책감을 느끼며 살아왔다. 엄마로서 '낳은 죄'를 생각하며 자유를 주고 싶었지만, 현실은 늘 한계에 부딪혔고, 그 한계를 마주할 때마다 늘 미안한 마음으로, 그저 최선을 다해왔을 뿐이다.

또한 **"우리는 원하는 대로 태어나지 않았고, 원하지 않는 길을 걷는**

 이만큼 했으면 괜찮은 부모 아닙니까

다. 그러나 결국 그 길에서 자기 자신을 발견하는 법을 배워야 한다."라는 어느 철학자의 말처럼 나 역시 원해서 태어난 존재는 아니었고, 결혼과 출산 또한 어떻게 보면 사회적 흐름 속에 떠밀려 여기까지 흘러온 선택들이었다. 그렇다고 해서 누구의 탓도 하지 않기로 했다. 그동안 엄마로서 최선을 다해 살아왔고, 이제는 그 삶 위에서 '나'라는 존재를 다시 찾아가고 있기 때문이다.

이 글을 쓰며 문득 깨닫는다. 결혼과 출산이 너무도 자연스러운 일처럼 여겨졌던 시대를 살아온 나의 이야기는 결국 '나를 삼켜버린 목소리'에 대한 기록이기도 하다는 것을. 오랫동안 그 목소리에 맞춰 살았다. 그것이 옳다고, 그것만이 살아남는 길이라고 믿었다. 그러나 그 안에는 나의 자리도, 나의 목소리도 없었다. 이제야 알 것 같다. 아이를 낳고, 기르는 동안 진정으로 배운 건 단순한 양육의 기술이 아니라, 타인의 목소리 속에서도 나를 지켜낼 수 있어야 한다는 사실이었다. 내 안의 조용한 목소리를 되찾는 일. 그것이야말로 부모로서 배운 가장 큰 가치이자, 여전히 배우고 있는 삶의 과제다.

혹시, 당신도 세상의 목소리에 휘둘리고 있지 않은가. 누군가 정해놓은 '좋은 부모', '바른 선택'이라는 이름으로 스스로를 잃어버린 채 그저 버티고 있지 않은지…. 나 역시 그랬다. 하지만 언제라도 나의 목소리를 되찾을 수 있다면 삶은 전혀 다른 방향으로 열릴 것이다. 당신의 삶을 움직이는 목소리가 세상이 아니라, 당신 자신이 되기를 바란다. 그 목소리를 듣는 순간, 이미 변화는 시작되고 있을 테니까.

> **이 문장 앞에서** **아이를 낳고, 기르며 배운 것은, 양육의 기술이 아니라, 타인의 목소리 속에서도 나를 지켜내는 일이었다.**

이만큼 했으면 괜찮은 부모 아닙니까

세상과 바꾼
심장 하나

말을 건네는 생각

"태어남은 가장 위대한 모험이다. 우리는 그것을 선택하지 않았으나 그 선택되지 않은 사건 속에서 우리의 운명이 시작된다." (니체)

"삶은 우리에게 강요되었고, 그 강요 속에서 우리는 의지 없이 태어난다. 그럼에도 불구하고 우리는 서로에게 불가피한 존재가 된다." (쇼펜하우어)

한 생명이 내 안에서 싹트고, 열 달의 시간을 지나 세상 밖으로 나왔다. 그 작은 심장은 세상과 바꿔도 좋을 만큼 뜨겁게 내 가슴을 흔들었다.

세상에서 가장 신비로운 순간은 아마도 생명이 태어나는 장면일 것이다. 수많은 과학적 설명과 의학적 기술이 존재하지만, 한 생명이 세상 밖으로 나오는 그 장엄한 찰나를 온전히 설명할 언어는 없다. 숨이 끊어질 듯한 극심한 진통 끝에 흐르는 거대한 침묵…. 그 침묵을 가르며 터져 나오는 우렁찬 울음소리. 그 첫울음은 단순한 소리가 아니다. 한 인간으로서, 이 세상에 존재함을 선언하는 가장 원초적인 외침이다.

그 울음과 함께 아주 작은 몸짓이 공기를 가른다. 마치 부서질 것 같은 연약한 피부는 아직 세상의 온도를 모르고, 초점 없는 눈동자는 아직 세상의 빛을 다 받아들이지 못하지만, 그 존재 자체는 이미 하나의 우주였다. 거의 실신 상태에 이른 산모의 땀방울과 눈물이 뒤섞인 그곳, 말 그대로 삶과 죽음의 경계가 맞닿아 있는 현장이었다. 이렇듯 한 생명이 탄생하는 장면은 그야말로 감동 그 자체다.

그런데 그날 난, '탄생'이라는 기적을 눈앞에서 직접 목격했다. 내 아기, 아니 인간이라는 존재가 이렇게 태어나고, 이렇게 숨 쉬며, 이렇게 살아가기 시작한다는 사실을 온몸으로 느낀 순간이었다. 그 감탄은 어떻게 말로 다 형언할 수 없는 경이로움 그 자체였고, 동시에 아주 까마득한 인류의 역사 속에서 나 또한 하나의 고리를 이어가고 있다는 사실을 깨닫는 순간이기도 했다. 하염없이 눈물이 흘러내렸다. 그것도 아주 뜨거운 눈물이….

그날을 아직도 잊지 못한다. 숨 막힐 듯, 어둡고 차가웠던 분만실. 의사와 간호사가 번갈아 가며 오갔고, 난 백열등 불빛을 마주 보며 높은 침대에 누워 있었다. 도대체 끝이 어디일까? 얼마나 많은 시간이 흐른 걸까? 오랜 진통 끝에 거의 죽음의 문턱까지 갔다 온 것 같은 희미해진 그 순간, 세상과 나 사이에 아주 작고 연약한 심장이 건네졌다. 갓 태어난 아기의 부서질 듯 여린 몸이 배 위에 올려졌을 때, 몸의 고통을 넘어

　　　　　이만큼 했으면 괜찮은 부모 아닙니까

서는 또 다른 차원의 떨림을 느꼈다.

아기는 아직 눈을 제대로 맞추지 못한 채 동그랗게 뜬 눈으로 천장의 빛을 따라가듯 시선을 움직였다. 그 여린 생명의 모습은 무척 낯설고도 경이로웠다. 나는 힘없이 축 늘어진 채 배 위에 올려진 한 생명을 온몸으로 품고 있었다. 그 당시, 아기는 비록 내 눈을 바라보지 못했지만, 나는 분명 그 아기를 통해 나 자신을 새롭게 발견할 수 있었던 순간이었다. 한 존재의 시작과 함께 나 역시 새로운 존재로 다시 태어난 것이다.

'나는 이제 엄마가 되었구나.'

가슴 깊은 곳에서 끓어오르는 그 벅찬 감동은 뭐라 말로 다 형언할 수 없는, 그 순간만큼은 세상 무엇과도 바꿀 수 없었던 나와 아기와의 첫 만남이었다. 아기의 심장 소리는 내 심장과 맞부딪히며 마치 하나의 생명이 두 개의 몸에 나누어 담긴 것 같은 착각을 불러일으켰고, 그 작은 몸짓 하나하나는 엄마인 나를 온몸으로 받아들이는 듯 격하게 꿈틀거리고 있었다. 만감이 교차했다. 내가 소중한 이 한 생명을 오롯이 품을 수 있는 엄마가 됐다는 사실이 도저히 믿기지 않았다.

그러나 그 뜨거움 속에는 두려움 또한 숨어 있었다. 솔직히 엄마가 되기 위한 준비가 전혀 되어 있지 않았다. 땀과 눈물로 뒤엉킨 젖은 이불 위에서 아이를 품고 있으면서도 내 안에서는 '나는 정말 엄마가 될 수 있을까?' 하는 두려움이 끊임없이 스쳤다. 배 위에 올려진 작은 심장, 그 심장은 세상과 맞바꿀 만큼 소중했지만, 다른 한편으로는 그 세상을 살아낼 자신이 없었던 것이다.

그래서였을까. 그 작은 심장은 내게 더없이 큰 울림이었다. 아이를 낳는 일은 단순히 한 생명의 시작이 아니었다. 그것은 내 삶의 근본을 뒤흔들 정도로 엄청난 사건이었다. 내 안에서 타인의 생명이 자라났다는 사실, 그리고 그 생명이 이제는 독립된 존재로서 세상에 발을 내디딘다는 사실. 그것은 앞으로의 내 삶을 새롭게 다시 쓰라는, 존재 변화에 대한 전면적인 명령처럼 다가왔다.

"태어남은 가장 위대한 모험이다. 우리는 그것을 선택하지 않았으나, 그 선택되지 않은 사건 속에서 우리의 운명이 시작된다." 이 문장을 곱씹어보며 문득 이런 생각이 들었다. 아이들은 알고 있었을까? 내 뱃속에 머물러 있다가 세상 밖으로 나왔을 때, 자신의 삶이 이런 방향으로 흘러가게 되리라는 것을. 돌이켜보면, 한 생명의 탄생은 아이들 입장에서가 아니라, 오히려 엄마인 내 입장에서 가장 위대한 모험이었음을 이제야 깨닫는다.

또 이런 문장도 마음에 남는다. **"삶은 우리에게 강요되었고, 그 강요 속에서 우리는 의지 없이 태어난다. 그럼에도 불구하고 우리는 서로에게 불가피한 존재가 된다."** 그래서 부모는 평생 '낳은 죄'라는 책임감 앞

　　　　　　　　　이만큼 했으면 괜찮은 부모 아닙니까

에 서 있게 되고, 아이들은 선택하지 않은 삶을 부정하다가도 어느 순간 부모라는 존재를 인정하고 받아들이게 된다. 그렇게 우리는 떼려야 뗄 수 없는 관계로 이어진다. 이 운명 같은 순환은 앞으로도 계속될 것이고, 그럼으로써 인류가 지금까지 이어져 왔는지도 모르겠다.

태어남은 우리의 의지가 아닌, 더 큰 힘에 의해 이루어진다. 아기를 낳는 순간, 그 말의 의미를 실감했다. 이 아기는 자신의 의지로 태어난 것이 아니며, 나 역시 내 의지로 이 아기를 맞이한 것도 아니었다. 그럼에도 불구하고 우리는 만나야 했고, 이 만남을 통해 새로운 이야기를 써 내려가야 한다. 그날, 나는 한 작은 심장을 얻었고, 동시에 나 자신을 잃기도 했다. 아니, 더 정확히 말하자면 나를 잃음으로써 다른 차원의 '나'를 얻게 된 것이다. 그 과정은 눈물겹도록 아프고, 눈부시도록 아름다웠다.

> 이 문장 앞에서 **한 존재의 시작과 함께 나 역시 '엄마'라는 이름으로 다시 태어났다.**

지키는 사람이
되었다

> "삶은 위태로운 다리 위를 건너는 아이와 같고, 부모는 그 다리 밑을 받쳐주는
> 손길이어야 한다." (니체)
> "사랑은 본능에서 비롯되었지만, 그 본능은 생명을 지키려는 절박함 속에서 가
> 장 빛난다." (쇼펜하우어)

작은 날개를 가진 아이들은 언제나 바람 앞에 위태로웠다. 나는 그 바람을 막아내기 위해 온몸을 펼쳐 그림자가 되었고, 끝내 수호천사가 되었다.

아이들이 갓 태어나 작은 날개를 달고 세상에 내던져진 시기, 나는 매일 촉을 곤두세운 채 살아가야만 했다. 한순간의 부주의가 아이의 생을 위협할 수 있다는 사실을 너무도 뼈저리게 느꼈기 때문이다. 그 시절, 나의 하루는 마치 날개 돋친 새끼 새를 지켜내려는 어미 새의 분투 같았

 이만큼 했으면 괜찮은 부모 아닙니까

다. 바람 한 점에도 흔들리고, 작은 균열에도 흔적 없이 무너질 수 있는 그 연약한 존재를 지켜내고자 나의 눈과 귀와 심장은 늘 긴장 속에 놓여 있었다.

큰딸이 세 살 때다. 거실에 마주 앉아 있던 아이와 나 사이에 알록달록, 크기도 천차만별이었던 커다란 사탕 바구니가 하나 놓여 있었다. 나는 잠깐, 정말 잠깐 가위를 가지러 일어섰을 뿐이었다. 그 찰나의 공백 속에서 아이는 작은 사탕 한 개를 집어 들었고, 그것은 아이의 목구멍을 가차 없이 막아버렸다. 아이 얼굴이 파래지고, 캑캑거리는 소리가 공기를 갈랐을 때 나는 절규하는 심정으로 남편을 불렀다.

"큰일 났어. 빨리 나와 봐. 으악…."

순간의 극심한 공포 속에서 우리의 손길은 무척이나 어설펐고, 아이의 입가에서 번져 나온 피는 그때의 무력감과 공포를 지금도 생생하게 되살리곤 한다. 나는 양손으로 아이의 발목을 잡아 위로 번쩍 들어 올렸고, 남편은 아이 입에 손가락을 넣어 목구멍에 박힌 사탕을 긁어내다시피 했다. 이후 사탕이 거실 바닥에 툭 하고 떨어진 순간, 나는 마치 혼이 나간 사람처럼 멍하니 서 있었다. 그 잠깐의 시간은 안도였고, 죄책감이었으며, 인간의 생명이 얼마나 위태로운 실 위에 매달려 있는지를 뼈에 새긴 순간이었다.

그날 이후, 매번 아이의 호흡을 확인하는 습관이 생겼다. 잠든 얼굴 위로 가만히 손바닥을 올려 숨결을 느꼈고, 미세한 가슴의 오르내림을 눈으로 확인하지 않으면 안심이 되지 않았다. 생명이란 이렇게 덧없고, 쉽게 꺼질 수도 있는 것이구나. 그러면서 문득 깨달았다. 부모의 사랑은 아이를 지키기 위해 존재하지만, 동시에 그 사랑이 두려움으로 변할 수도 있다는 것을. 우리는 아이를 살리기 위해 몸부림쳤지만, 그 순간 나 자신이 사라질 만큼 무력해졌다. 그날의 기억은 오래된 트라우마이자, 부모라는 존재가 얼마나 불안정한 밑바탕 위에 서 있는지를 깨닫게 한 첫 경험이었다. 완벽한 보호라는 게 있을 수 없음을, 그럼에도 우리는 끝없이 아이 곁에 서 있으려는 존재임을, 그때 처음 알았다.

아들은 또 다른 방식으로 나를 단련시켰다. 작은 구멍과 틈새라면 무엇이든 탐험하고자 했던 아이는 늘 머리와 손가락을 어디엔가 집어넣고 빼지 못해 울곤 했다. 어느 날은 의자 팔걸이와 좌석 사이 좁은 틈새에 머리를 끼워 넣어 남편과 내가 진땀을 흘리며 아이를 구출해 낸 적도 있었다. 가뜩이나 아들은 머리가 큰 편이라서 그 틈새와 머리를 교묘하게 맞춰 빼내는 일이 보통 일은 아니었다. 이렇듯 작은 몸짓 하나하나가 나를 늘 긴장시켰고, 매 순간이 예측 불가능한 돌발 상황의 연속이었다.

이로 인해 '통제'보다 '관찰'을 배우게 되었다. 아이의 세계는 늘 위험과 호기심이 뒤섞여 있었다. 그래서 위험을 없애려 애쓰기보다, 아이의 본능을 믿어보는 연습을 했다. 아이가 작은 틈새에 머리를 박고 울었던

 이만큼 했으면 괜찮은 부모 아닙니까

그 순간조차도 어떻게 보면 스스로의 세상을 탐험하는 중이었다. 그 일을 겪으며 부모의 역할이 아이를 감싸는 벽이 아니라, 넘어질 수 있는 공간을 허락하는 울타리임을 알게 되었다. 아이가 위험을 겪지 않기를 바라면서도 결국 그 위험 속에서 자란다는 것을 깨달았기에 그때부터 두려움 대신 함께 지켜보는 법을 선택했다. 완벽한 통제 대신, 아이의 세상 속으로 조금 물러나서 바라보는 법을 말이다.

사실, 아이를 지켜내는 동안, 나 자신을 잃어가고 있었다. 그러나 돌이켜 보면 그 긴장과 피로 속에서 배운 것은 하나였다. 생명은 언제나 예측할 수 없는 위기의 연속이며, 그럼에도 불구하고 지켜내야 하는 사랑의 대상이라는 것. 아이를 살려내던 그날의 떨리는 손끝, 의자 사이에 끼인 머리를 빼내던 진땀의 순간이 결국 나를 '엄마'로 만들었다. 그것은 천사의 날개가 아니라, 상처투성이인 인간의 손길로도 충분히 이루어진 기적이었다.

"엄마가 해준 게 뭐 있는데…."

그런데 아이들은 이 모든 순간을 기억하지 못한다. 그들은 자신이 얼마나 위태롭게 자라났는지, 또 그 옆에서 부모가 얼마나 눈을 부릅뜨고 지켜냈는지를 알지 못한다. 아이가 어른이 되고, 또 부모가 되어보지 않는 이상, 긴장과 피로로 뒤엉킨 그 절절한 사랑의 무게를 이해할 수 없을 것이다. 특히, 요즘 세대는 결혼도, 아이도 선택하지 않겠다고 말한다. 그래서일까. 군이 엄마로서의 심정을 알아달라고 호소하는 건 아니지만, 내가 걸어온 이 고단한 수호의 여정을 끝내 알지 못할 수도 있겠다는 생각이 스치곤 한다.

"삶은 위태로운 다리 위를 건너는 아이와 같고, 부모는 그 다리 밑을 받쳐주는 손길이어야 한다." 이 문장을 떠올리면 자연스레 한 곡의 노래가 겹쳐진다. ♪험한 세상에 다리가 되어…♬로 시작되는 잔잔한 노래처럼, 부모는 아이가 건너야 할 길 위에 다리가 되어주고 싶어진다. 하지만 아무리 튼튼해 보이는 다리라도 언젠가 무너지지 않으리라는 보장은 없다. 그래서 부모는 때로 다리가 아니라, 그 다리 밑을 묵묵히 받쳐주는 손길이 되기도 한다.

또 이런 문장도 마음에 남는다. **"사랑은 본능에서 비롯되었지만, 그 본능은 생명을 지키려는 절박함 속에서 가장 빛난다."** 아이들을 향한 사랑이 어느 순간 책임감처럼 느껴질 때가 있다. 하지만 아이들이 위태로운 상황에 놓였을 때, 그 책임감은 비로소 사랑이라는 이름으로 빛을 낸다. 그 순간 깨닫는다. 지킨다는 건 붙잡는 일이 아니라, 무너질 때 함께 버텨주는 일이라는 것을.

어린 자녀들을 지키는 일은 끝없는 경계였다. 낮에도 밤에도 심지어 아이가 깊은 잠에 빠져 있을 때조차 나는 눈꺼풀을 완전히 감을 수 없었

   이만큼 했으면 괜찮은 부모 아닙니까

다. 내 안의 본능은 늘 아이 곁을 맴돌며 보이지 않는 날개를 펼쳐 지켜 냈다. 그 시절의 나는 '엄마'라기보다는 아이 곁에 그림자처럼 드리워진 '수호천사'였다고나 할까? 지금, 당신의 아이들은 별 탈 없이 잘 자라고 있는가? 그렇다면, 아마도 엄마인 당신이 아이의 수호천사가 되었기 때 문일 것이다.

부모의 역할은 아이를 막아서는 벽이 아니라, 넘어질 수 있도록 둘러주는 울타리임을 알게 되었다.

'누구 엄마'로
불리기 시작했다

말을 건네는 생각

"우리는 한 번 죽지만, 이름은 우리가 살아온 흔적으로 남는다." (니체)
"개인의 이름이 사라지는 순간, 그 사람의 개성도 함께 잊힌다." (쇼펜하우어)

이름은 지워지고, 호칭만 남았다. 나는 여전히 나인데, 세상은 나를 아이의 그림자로 불렀다. 그러나 사라진 줄 알았던 내 이름은 여전히 내 안에서 조용히 빛나고 있었다.

아이를 낳고 그 아이에게 이름이 부여되는 순간, 내 이름은 서서히 지워져 갔다. 이제 사람들은 나를 내 이름으로 부르지 않았다. 대신 '누구 엄마'라는 새로운 호칭이 내 자리를 차지했다. 결혼 전, 나를 향해 불러주었던 그 이름 석 자. 이후 결혼식장에서 축복받던 신부의 이름, 병원 출산실에서 환영받던 산모의 이름조차도 희미해졌다. 남은 것은 아이

 이만큼 했으면 괜찮은 부모 아닙니까

이름 뒤에 따라붙는 '엄마'라는 꼬리표였다.

집안 어르신들은 나를 향해 '누구 애미'라고 불렀고, 동네 엄마들은 유치원, 초등학교, 중학교, 고등학교를 거쳐 대학에 이르기까지 언제나 나를 '누구 엄마'로만 불렀다. 심지어 내 휴대전화 주소록에도 'ㅇㅇ 엄마'라는 이름으로 저장된 사람들이 대부분이었고, 나 역시 그게 당연한 것처럼 저장해왔다. 그렇게 엄마들의 세계는 아이들의 이름 뒤에 숨어 살았다. 예컨대, 상대방이 연장자일 경우엔 아이 이름 뒤에 언니가 따라붙기도 했다. 예를 들어 'ㅇㅇ 언니'처럼 말이다. 그건 아마도 나이가 어린 사람이 나이 많은 사람에게 'ㅇㅇ 엄마'라고 부르는 게 다소 예의가 없어 보였기 때문일 것이다.

돌이켜보건대 아이를 낳고, 그 아이를 통해 만나게 된 수많은 엄마들을 떠올려 봤을 때 그들의 이름은 별로 궁금하지 않았던 것 같다. 다만, 아이와 누구 엄마를 매치시키며 그 엄마를 기억할 뿐이었다. 그저 '누구 엄마'라는 이름표가 그 사람의 전부였던 그 시절, 나 또한 누구 엄마로 불리었고, 어느 순간부터 나 자신과도 점점 멀어지고 있었다. 그렇게 얼마의 시간이 흘렀을까. 꽤 오랜 시간 동안 전혀 인지하지 못한 채 살아왔다. 아이의 이름이 빛날수록 엄마의 이름은 그림자처럼 뒤로 물러나고 있었음을.

아이들을 키우던 시절, 나 스스로를 꾸밀 겨를이 없었다. 가능한 한 허리가 죽죽 늘어나는 편한 고무줄 스판 바지에 땀 흡수가 잘 되는 면

티셔츠가 기본 복장이었고, 머리는 딱히 손질이 필요 없는 올백으로 질 끈 묶어 올린 스타일이었다. 그리고 결혼 전에는 그나마 기본 화장 정도 는 하곤 했는데, 다 귀찮아지면서 그나마 있던 몇몇 화장품들도 화장대 구석에서 먼지를 뒤집어쓴 채 방치되었다. 내 몸과 마음은 오롯이 아이 들을 위해 소진되었고, 그렇게 조금씩 나를 잃어갔다.

그러던 어느 날, 이건 뭔가 잘못된 게 아닌가 싶었다. 그래서 작은 변 화를 시도해 봤다. 아이들 소속 초등학교 내 어머니 합창단 모임에서 '누 구 엄마'가 아닌 이름을 불렀다. "민수 엄마"가 아닌 "혜진 씨", "지우 엄 마"가 아닌 "선영 씨"로. 그런데 신기하게도 이름을 부르자 그 사람만의 색깔이 서서히 도드라지기 시작했다. 우선 표정이 달라졌고, 목소리에 힘이 생겼다. 이름은 단순한 호칭이 아니라, 그 사람의 존재 자체에 의 미를 부여하는, 마법 같은 힘을 가지고 있음을 깨닫는 순간이었다.

김춘수 시인의 「꽃」이라는 시가 생각난다.

내가 그의 이름을 불러주기 전에는
그는 다만
하나의 몸짓에 지나지 않았다.

내가 그의 이름을 불러주었을 때,

     이만큼 했으면 괜찮은 부모 아닙니까

그는 나에게로 와서

꽃이 되었다.

　그럼에도 불구하고 여전히 내 삶의 대부분은 '누구 엄마'라는 이름으로 불린다. 어느 모임에서든 아이 관련 이야기만 오가는 대화 속에서는 내가 문득 투명 인간이 된 것 같은 기분이 들기도 한다. 내 감정, 내 생각, 내 취향은 뒷전으로 밀리고, 엄마라는 역할만이 전면에 남아 아이의 그림자 모임이 되어버린다. 그때마다 내 안에서 작은 목소리가 들려왔다. "나는 어디에 있는가. 나는 왜 사라져야만 하는가."

　이 물음은 어쩌면 대부분의 엄마들이 겪는 공통의 회한일지도 모른다. 이름이 사라진 자리에는 책임만 남았다. 아이가 잘 자라야 하고, 학교에서 문제없이 생활해야 하며, 사회에서 인정을 받아야 한다는 보이지 않는 기준들이 내 일상 곳곳에 들어와 나를 대신 살아갔다. 그 속에서 점점 '엄마로서의 나'와 '나 자신으로서의 나'를 구분하기 어려워졌다. 거울 앞에서도, 대화 중에도, 심지어 혼자 있는 시간조차도 습관적으로 '엄마의 시선'으로 나를 바라보았다. 그러다 보니 기쁨과 슬픔의 온도조차 내 것이 아니었다.

　어쩌면 '모성'이라는 단어는 사회가 만든 가장 완벽한 환상이었을지도 모른다. 사랑과 희생이 한 몸처럼 포장된 그 단어 안에서 여성은 자연스럽게 자신을 잃어버린다. 그리고 아이가 성장해 독립할 즈음, 우리는 문득 낯선 자아를 마주하게 된다. 그제야 깨닫는다. 내 안의 여자가 얼마나 오랜 시간 잠들어 있었는지를, 그리고 이제는 그 여자를 깨워야 할 때라는 것을.

"우리는 한 번 죽지만, 이름은 우리가 살아온 흔적으로 남는다."라는 말이 있다. 그동안 나는 여러 이름으로 살아왔고, 엄마로 살아왔으며, 어느 순간부터는 '누구 엄마'라는 이름으로 더 많이 불렸다. 그리고 이제는 다시 나로 살아가야겠다는 간절함이 밀려온다. 그 모든 이름들이 겹겹이 쌓여 지금의 나를 만들었을 테니까. 또 이런 말도 오래 남는다. **"개인의 이름이 사라지는 순간, 그 사람의 개성도 함께 잊힌다."** 이름이 불리지 않는다는 것은 단지 호칭의 문제가 아니다. 그것은 한 사람이 이 세계에서 어떤 존재로 서 있는지가 흐릿해진다는 뜻과도 같다.

그래서 나는 더 이상 '누구의 엄마'로만 불리고 싶지 않다. 그것은 사랑을 거부하겠다는 뜻이 아니라, 사랑 안에서도 나의 이름을 지키고 싶다는 조용한 선언이다. 아이를 위해 존재하던 시간을 지나, 이제는 나를 위한 삶을 되찾고 싶다. 삶의 무게를 견디며 누군가의 그림자가 되어왔던 나에게, 이제는 스스로의 그림자를 찾아주고 싶다. 그것이 이 긴 여정의 진짜 목적이 아닐까. 아이를 키우는 일이 결국 나를 키우는 일이었던 것처럼, 나는 또 한 번 성장의 문턱에 서 있다.

혹시, 당신은 '누구의 엄마'라는 이름으로만 불려본 적이 있는가? 당신

 이만큼 했으면 괜찮은 부모 아닙니까

의 이름, 당신의 취향, 당신의 감정은 지금 어디에 있는가? 우리가 함께 기억해야 할 것은 '나는 여전히 나 자신이다'라는 사실이다. 누군가의 엄마이기 이전에, 당신은 한 사람의 존재로 충분히 빛났다. 이 책이 그 빛을 다시 바라보는 작은 거울이 되어주길 바란다.

나는 더 이상 '누구의 엄마'로만 불리고 싶지 않다. 그것은 사랑을 거부하겠다는 말이 아니라, 사랑 안에서 나를 지키겠다는 선언이다.

가르침은
언제 명령이 되었나

"사랑의 부족이 아니라, 사랑의 혼란이 가정을 병들게 한다." (니체)
"교육은 인간에게 타인의 생각을 주입하는 것이 아니라, 그 자신 안에 잠재된 것
  을 깨우는 일이다." (쇼펜하우어)

가르친다는 것은 언제나 양날의 검이다. 부모가 열심히 들려주던 말은 시간이 지나면 아이의 귀에서 사라지지만, 그 순간에 느낀 감정과 공기의 온도는 오래 남는다.

부모가 아이에게 무언가를 가르친다는 것에는 언제나 빛과 그림자가 공존한다. 아이가 세상을 배우며 조금씩 성장하는 모습을 바라보는 일은 부모로서 가장 큰 보람이자 희망이다. 그러나 그 가르침의 순간들 속에는 말없이 드리워진 그림자도 있다. 부모의 열정이 지나쳐 아이의 속도를 앞지르고, 조언이 강요로 변할 때, 배움은 더 이상 성장의 과정이

이만큼 했으면 괜찮은 부모 아닙니까

아니라, 부담의 무게로 남는다. 부모들은 때때로 아이를 위한다며 아이의 삶을 대신 살아주려 한다. 하지만 그것은 사랑이 아니다. 오히려 아이의 자리를 빼앗는 일일지도 모른다.

가르침은 결국 힘의 작용이다. 누군가에게 무언가를 전한다는 것은 나의 경험과 가치관을 상대의 마음에 새기는 일이기 때문이다. 그래서 부모의 말 한마디, 시선 하나에도 아이는 영향을 받게 된다. 문제는 그 과정에서 부모가 자신의 확신을 아이에게 심어줄 경우, 아이는 자기 생각을 잃어버리게 된다는 것이다. 배움의 본질은 자유여야 하는데, 부모의 기대와 불안이 섞이면 그 자유는 서서히 사라진다. 결국 잘 자라기를 바라는 마음이 명령으로 바뀌고, 아이는 사랑받기 위해 순응하게 되는 것이다.

아이들이 일곱 살, 다섯 살 때, 나는 한자와 사자성어를 하루에 한 글자씩 가르치기로 결심했다. 교재와 연습장을 번갈아 가며 한자의 획을 하나하나 따라 쓰게 했고, 이어 완벽하게 음과 뜻을 익히게 했던 순간들…. 그 당시, 난 이 교육이야말로 아이들과 교감할 수 있는 가장 좋은 선물이라고 믿었다. 놀이처럼 즐겁게, 하루의 루틴처럼 자연스럽게 이어가다 보면 언젠가는 어휘력 실력이 상당히 향상될 거라고 기대했던 것이다.

하지만 배우는 기쁨도 그리 오래가지 않았다. 시간이 흐르면서 아이들의 표정이 점점 굳어지기 시작했다. 나는 학습을 누적시키기 위해 일주일에 한 번 작은 테스트를 마련했다. 남편과 둘이서 한 아이씩 맡아 진행했는데, 그 방식은 늘 같았다. 교재에 적힌 한자에서 음과 뜻을 가리고 글자만 남긴 뒤 아이가 답을 맞히는 방식이었다. 나는 책받침으로 철저히 가리고 단 한 글자도 힌트를 주지 않았다. 아이가 스스로 기억해 내길 바랐기 때문이다.

그러나 남편은 달랐다. 책받침으로 가리되 살짝 비켜서 음과 뜻이 어렴풋이 보이도록 해두었다. 아이들, 특히 아들은 이런 아빠의 어설픈 학습 지도를 이미 알고 있어서인지 매번 "나 아빠하고 할래."라며 나를 피해 갔다. 물론 그 이유에 대해서 대충 눈치는 챘지만, 그냥 모르는 채 넘어가곤 했다. 그런데 얼마 전, 성인이 된 아들이 그 당시 아빠의 교육법에 대해 낱낱이 실토하고 말았다. 아빠에게 테스트를 받을 때, 사실상 답안지라고 할 수 있는 한자의 음과 뜻이 거의 대부분 보였다는 것이다. 그래서 늘 편안하게 시험을 치렀고, 반면 엄마와의 테스트는 늘 부담스러웠다고 말했다.

그 이야기를 듣는 순간, 허탈하게 웃을 수밖에 없었다. 답안지가 다 드러난 우스꽝스러운 시험 시간. 그동안 아이가 왜 내 앞에서는 도망 다니듯 몸을 비틀었는지, 왜 아빠와의 시간을 기다렸는지…. 지금에 와서야 비로소 비밀이 풀린 것이다. 순간, 마음 한 켠이 섭섭했다. 그 당시, 정성을 다해 건넨 '최고의 선물'이 사실은 아이에게 작은 압박으로만 남았을지도 모른다는 자책이 밀려왔다.

　　　　　　　　이만큼 했으면 괜찮은 부모 아닙니까

그러나 곱씹어보니 그 또한 삶의 아이러니였다. 내가 쏟아부은 가르침이 완벽하지 않았듯, 남편의 너그러움도 완벽한 해답은 아니었으니까 말이다. 부모의 가르침은 이렇듯 늘 빛과 그림자 속에 공존한다. 아이에게 엄격한 기준을 세우는 순간 그림자가 드리워지고, 반대로 너그러움으로 품어줄 때 빛은 따스하지만, 아이가 스스로를 단련할 기회는 줄어들게 되는 것이다.

결국 3년 반 만에 천자문과 사자성어를 마쳤다. 그 성취가 무척 자랑스러웠지만 동시에 가족 모두가 지쳐 있었다. 지금에 와서 생각해 보니 그 과정은 내 목표를 향한 집념이었지 아이들의 필요와 즐거움은 아니었다. 물론 큰딸은 외고에서 중국어를 전공하며 예전 한자 공부가 많이 도움이 되었다고 하지만, 아들은 그 당시 일주일에 한 번 치러진 한자 시험이 엄청난 공포로 다가왔을 것이다.

사실상 부모에게 주어진 가장 어려운 배움이란 내 아이에게 무언가를 가르치려고 붙잡았던 손을 내려놓는 일이 아닐까 생각한다. 나는 아이에게 세상을 알려주려 했지만, 정작 그 세상은 나의 기준 안에서만 완성되고 있었다. 아이는 내가 미처 보지 못한 세계를 보고 있었고, 그 눈을 통해 나 또한 새롭게 배우고 있었다. 결국 아이는 내 가르침의 결과물이 아니라, 나를 비추는 또 다른 스승이었다.

"사랑의 부족이 아니라, 사랑의 혼란이 가정을 병들게 한다." 이 문장을 곱씹어보면, 나는 아이들에게 늘 더 좋은 것을 주고 싶었던 사람이다. 그러나 그 마음은 때로 혼란스러운 방식으로 전해지지 않았을까 싶다. 답안지를 완벽하게 가려 스스로 답하게 했던 나의 단호함도, 답안지를 거의 다 드러내 어설픔을 유도했던 남편의 방식도 결국은 자식을 향한 사랑이 아직 성숙하지 않았음을 보여준다. 우리는 각자의 방식으로 최선을 다했지만, 그 사랑이 언제부터인가 가르침이 아니라 명령이 되어버린 순간이 있었던 것이다.

또 이런 말이 있다. **"교육은 인간에게 타인의 생각을 주입하는 것이 아니라, 그 자신 안에 잠재된 것을 깨우는 일이다."** 그때는 이 말을 이해하지 못했다. 오직 외우게 하는 데에만 마음을 쏟았을 뿐, 아이들 안에 이미 존재하던 가능성과 속도를 믿지 못했다. 돌이켜보건대, 그 시절의 가르침이 아이들에게 남긴 것은 지식보다 기억의 무게였고, 성취보다 감정의 흔적이었을지도 모르겠다.

아이는 결국 배운 글자보다 부모와 함께한 그 기억을 더 오래 간직할지도 모른다. 빛과 그림자가 교차하던 그 시간 속에서 아이들은 부모의 사랑을 저마다의 방식으로 느끼고 있었던 게 아니었을까 싶다. 아이를 가르친다는 것은 내가 가진 것을 주는 일이 아니라, 함께 배우는 과정이라고 생각한다. 이 세상에 완벽한 부모는 없다. 오히려 그 불완전함 속에서 아이와 부모가 함께 성장한다는 사실을 뒤늦게 깨달았다.

   이만큼 했으면 괜찮은 부모 아닙니까

엄마는
짜장면이 싫다고 했다

"사랑은 그 자신을 희생할 때, 비로소 가장 빛난다." (니체)
"인간의 삶은 결핍을 채우려는 갈망의 연속이다. 그러나 채우는 순간, 우리는 또
 다른 결핍을 발견한다." (쇼펜하우어)

사랑은 종종 내 것을 미루는 순간에 드러난다. 먹고 싶은 마음을 삼키고, 갖고 싶은 욕망을 덮어두며, 오직 누군가의 기쁨을 먼저 채워주고자 하는 마음. 그래서 부모의 식탁에는 늘 조금의 허기가 남아 있고, 부모의 옷장에는 지난 계절의 옷이 여전히 걸려 있다.

"나는 괜찮으니까 너희들 많이 먹어."

그 익숙한 말은 단순한 양보가 아니라, 세상에서 가장 단단한 사랑의

 이만큼 했으면 괜찮은 부모 아닙니까

선언이었는지도 모른다. 부모도 사람이다. 먹고 싶은 게 있으면 입에 넣고 싶고, 예쁜 옷을 보면 한 번쯤 걸쳐보고 싶고, 갖고 싶은 게 있으면 당장 손에 넣고 싶은 게 당연한 일이다. 하지만 자식을 키우다 보면 본능처럼 자신을 제쳐두게 된다. 부모의 욕망은 늘 미뤄지고, 대신 아이의 배부름과 기쁨이 우선순위가 될 수밖에 없다.

나는 어릴 적, 내 엄마에게는 먹고 싶은 것이 따로 없는 줄 알았다. 우리 삼 형제가 밥상 위의 반찬을 모조리 비워버려도 엄마는 늘 괜찮다고 하셨다. "나는 괜찮으니까 너희들 많이 먹어."라는 그 말은 늘 습관처럼 따라붙었다. 그런데 지금 와서 돌이켜보면, 그 깨끗이 비워진 접시들을 들고 부엌에 들어간 엄마는 과연 무엇으로 끼니를 때우셨을까 싶다. 그 침묵이 오래도록 내 마음을 짓누르곤 한다.

엄마의 그림자가 내 안에 스며든 걸까. 내가 엄마가 되고 보니 가족들이 먹다 남은 반찬으로 허기진 배를 채우는 일이 자연스러운 습관이 되어버렸다. 가족과 함께 앉아 식사를 한다 해도 엄마의 몸은 늘 바쁘게 움직인다. 반찬이 떨어지면 다시 채워주고, 식탁에 김칫국물이라도 떨어져 있으면 얼른 행주로 닦아주고, 행여나 엎힐까 싶어 계속해서 물을 따라주다 보면 정작 내 밥은 금세 식어버린다. 뜨끈뜨끈한 밥 한술…. 그 따뜻한 밥을 처음부터 끝까지 온전히 먹어본 기억이 언제였는지 문득 아득해진다.

어느 날 남편과 차를 타고 가다가 예전 기억이 불쑥 떠올랐다. 어린

두 아이와 함께 갔던 한 식당에서 우리는 소고기 전골을 시켰다. 보글보글 끓던 전골 냄새가 허기진 배를 더욱 조여왔지만, 아이들을 챙기느라 정작 내 입에는 건더기 하나 제대로 들어오지 않았다. 겨우 남은 국물에 밥을 말아 급히 삼켜낸 기억, 남편 역시 기억하고 있었다. 그 순간, 씁쓸한 웃음이 피어오르면서 묘한 울컥함이 함께 밀려왔다.

이처럼 식탁 앞에서도, 마트 진열대 앞에서도, 그리고 여행지에서도 가장 먼저 떠오른 건 내 욕구가 아니라, 아이들의 필요였다. 먹고 싶은 음식이 있어도 아이들 입맛을 먼저 고려했고, 옷 한 벌이 필요해도 아이들 신발부터 챙겼다. 내 자리는 늘 뒤로 미뤄졌다. 그래서 나의 식탁은 종종 남은 국물에 밥을 말아 먹는 자리였고, 내 옷장에는 언제나 낡은 옷과 구멍 난 양말이 전부였다.

사실, 아이들을 키우는 동안 이런 일들은 부지기수였다. 솔직히 부모도 사람인데, 왜 먹고 싶고, 입고 싶지 않았겠는가. 하지만 늘 선택은 같을 수밖에 없었다. 무엇보다도 아이들의 행복이 우선이었고, 부모는 그다음, 아니 아이들의 해맑은 미소 하나면 그게 다였다. 그것이 부모의 절대적 마음이었고, 때로는 가장 눈물 나는 사랑의 방식이었다. 아이들이 배불리 먹고, 예쁜 옷을 입고, 해맑게 웃는 것만으로도….

그러던 어느 날, 라디오에서 흘러나오는 노랫말이 내 가슴을 후벼 팠다. ♪어머니는 짜장면이 싫다고 하셨어…♬ 그 구절은 단순한 노래 가사가 아니었다. 살아계실 때 끝내 헤아리지 못했던 내 엄마의 마음을 떠

　　　　　　　　　이만큼 했으면 괜찮은 부모 아닙니까

올리게 했고, 동시에 지금의 내 모습을 비추는 거울이 됐다. 자식을 위해 기꺼이 욕망을 감추고 자신을 지우는 마음, 그것이 우리 세대 엄마들의 또렷한 초상이 아니었을까 싶다.

"사랑은 자신을 희생할 때, 비로소 가장 빛난다." 이 문장을 떠올리면, 짜장면을 싫다고 말하던 그 세대의 엄마들이 겹쳐진다. 나 역시 가족의 사랑 앞에서 내 욕망을 내려놓으며 오늘도 식탁에 앉는다. 그러면서도 마음 한구석에서는 여전히 이렇게 속삭인다. 사실은 나도 짜장면이 먹고 싶었다고. 또한 **"인간의 삶은 결핍을 채우려는 갈망의 연속이다. 그러나 채우는 순간, 우리는 또 다른 결핍을 발견한다."**라는 어느 철학자의 말처럼 부모의 삶이란 어쩌면 그 끝없는 결핍을 자식의 배부름으로 채우려는 여정일지도 모르겠다. 하지만 이제는 조금 달라져야 한다. 엄마도 아이들과 함께 짜장면을 맛있게 먹을 수 있어야 한다.

어쩌면 부모의 인생은 언제나 나중으로 미뤄진 삶인지도 모르겠다. 먹고 싶은 것, 갖고 싶은 것, 하고 싶은 일들을 늘 아이들 뒤에 세워두고, 스스로 뒷자리에 앉아온 세월. 하지만 그 미뤄둔 자리에서 부모가 얻은 것은 결핍이 아니라, 아이들이 배불리 먹고, 환하게 웃는 얼굴에서 비롯된 충만이었다. 그리고 희생이었다.

♪어머니는 짜장면이 싫다고 하셨어…♬

그 노랫말 속에 스며 있는 건 단지 음식의 취향이 아니라, 억눌린 욕
망마저 사랑으로 덮어내려는 부모의 본능적 희생이 아니었을까 싶다.
배고팠던 시절, 그 한 그릇의 짜장면을 아이에게 양보하며 스스로의 허
기를 참았던 세대. 그 사랑은 화려한 말이 아니라, 묵묵한 포기와 절제
였다. 그런데 그 희생이 너무 오래 지속되면 결국 사랑은 자신을 지워버
린 희생으로 변하고 만다. 모든 것을 내어주는 사랑, 결국은 아이에게
모든 걸 받아야 하는 보상으로 남게 되지 않을까 싶다.

우리는 오랫동안 '좋은 부모'의 얼굴 뒤에 숨은 슬픔을 외면해 왔다.
자식에게 내어준 만큼 사랑이 깊다고 믿었고, 희생은 곧 존경으로 향하
는 길이라 여겼다. 하지만 그 사랑이 나를 다 지워버린다면 그것은 아이
에게도 결코 건강한 사랑이 아니다. 당신 역시 짜장면을 미뤄왔던 수많
은 날들이 있었을 것이다. 오늘은 잠시 멈춰서, 당신이 진짜로 먹고 싶
은 짜장면을 한 그릇 떠올려 보길 바란다. 그것이 비로소 나를 위한 한
끼이자, 앞으로의 관계에 있어서도 보상이 아닌, 진정한 사랑으로 향하
는 첫걸음이 될 것이다.

> 이 문장 앞에서 **희생이 너무 오래 이어지면, 사랑은 결국 나를 지워버리는 이름
> 이 된다.**

   이만큼 했으면 괜찮은 부모 아닙니까

그땐 몰랐다, 아이가
무서워하고 있었다는 걸

상처는 오래 숨길수록 더 깊어진다. 그리고 언젠가는 곪아 터지게 마련이다. 어떤 상처는 과감히 드러냄으로써 나를 살리고, 내 아이를 지키는 힘으로 변해간다.

결혼과 동시에 시작된 시집살이는 내가 엄마로서 견뎌야 했던 첫 번째 거대한 벽이었다. 시어머니는 전화를 자주 안 한다는 이유로 늘 부담을 줬고, 어느 순간 나는 이틀에 한 번꼴로 전화기를 붙잡는 사람이 되어 있었다. 단순한 안부가 아니라, 그 전화는 마치 감시와 확인의 도구 같았다. 시간이 흐를수록 전화는 두려움이 되었고, 나중에는 전화 공포

증이 걸리는 지경까지 이르렀다.

게다가 해마다 맞이하는 명절과 제사는 내게 또 다른 시험대였다. 결혼 초부터 제사 음식이나 명절 음식을 준비하면서 이상하게도 피로함을 많이 느끼곤 했다. 매번 시어머니의 말투에서 느껴지는 불쾌함이 시댁과 나 사이에 서서히 벽을 만들기 시작했다. 그러다 보니 대화를 나눌 때마다 바짝 신경을 써야 했고, 또 시어머니의 불합리한 권위에 짓눌리지 않고자 항상 긴장해야 했다. 그 당시, '왜 이 모든 무게가 나에게만 지워지는가.'라는 질문을 품게 되었다.

그리고 그 답을 절절히 깨달은 사건이 있었다. 아이들이 초등학생 때였다. 명절 전날, 여느 때처럼 시댁에서 전을 부치던 중이었는데, 마침 외출을 앞둔 시동생이 내게 말을 걸었다. "아이들 교육 때문에 이사하셔야 되는 거 아니에요?" 나는 순간 시어머니의 눈치를 보며 "아, 네…. 한번 생각해 봐야죠." 하고 애써 웃음을 지었다. 이후 시동생은 외출을 했고, 계속해서 전을 부치던 시어머니가 얼굴이 붉게 달아오르며 손에 들고 있던 전을 내리치듯 부치던 판 위에 던지며 말했다.

"제사 네가 다 지내라."

그 한마디는 단순한 말이 아니었다. 그동안 무겁게 쌓여 있던 시집살이의 본심이 폭로된 순간이었다. 난 그동안 최선을 다해서 맡은 바 역할

            이만큼 했으면 괜찮은 부모 아닙니까

을 충실히 해냈다. 시어머니의 그 묘한 불쾌한 말투로 인해 더 이상 상처받고 싶지 않았고, 그간 며느리로서 해야 할 역할 그 이상을 해왔다고 생각했다. 도대체 얼마만큼 해야 끝이 날 것인가. 시간이 지날수록 숨이 더 가빠왔다. 이 억압을 끝까지 받아들이는 순간, 내 존재는 완전히 사라지고 말 거라는 확신이 서서히 자리를 잡아갔다.

그뿐만이 아니었다. 시댁과의 거리는 걸어서 불과 5분 거리였다. 그러다 보니 매주 한 번씩 시어머니를 식사에 초대해야 할 것 같았다. 물론 내 마음은 진심이 아닌 눈치였다. 결국 큰맘 먹고 국, 나물, 고기, 수제 소시지 등 이것저것 준비해서 시어머니를 초대했다. 그런데 시어머니는 무언가 못마땅한지 음식들을 젓가락으로 슬쩍슬쩍 건드리더니 이내 얼굴 표정이 굳어졌다. 그러면서 식탁 한가운데 놓인 수제 소시지를 보며 이렇게 말했다.

"너는 항상 이런 거나 사 먹냐?"

그 말은 내 심장을 후려쳤다. 그 소시지는 사실 내 친언니가 아이 키우느라 고생한다며 직접 사다 준 음식이었다. 정성이 담긴 마음까지 모욕당한 듯한 기분에, 그날 이후로 다시는 시어머니를 식사 자리에 초대하지 않았다. 그날 밤, 이런저런 생각에 잠이 잘 오지 않았다. '아무리 고부간이라도 왜 저런 식으로밖에 얘기하지 못할까. 그 말끝의 칼날이 상

대방의 심장을 갈기갈기 찢어놓는다는 사실을 왜 모르는 걸까. 아니면 알면서도 잔인하게 저러는 걸까.'

이렇듯 제사와 명절 때마다 새로운 명분의 사건들이 꼭 하나씩 터졌다. 그때마다 단호히 맞서보기도 했지만, 억눌린 감정은 쌓이고 쌓여 결국 내 안에서 증오, 분노, 원망으로 부풀어 올랐다. 시어머니와 마주하는 모든 순간이 가식과 형식으로 덮여 갔다. 웃음조차, 대화조차 진정성이 전혀 없는 공허한 관계로 흘러가게 된 것이다. 그리고 그 위선의 무게가 결국 몸을 병들게 만들었다. 암이었다.

코로나 이후, 또다시 제사 문제로 압박이 밀려왔을 때, 더는 버티지 못했다. 그리고 결심했다. 그분과의 연을 끊어야겠다고. 결혼과 동시에 시작된 제사와 시집살이의 압박은 20년 가까이 이어져 왔다. 그 긴 시간 끝에 내린 결단이었다. 누구에게나 삶은 다 힘들다. 그 삶은 다 각자의 몫이 있는 것이고, 그 몫을 겨우겨우 버티며 살아가고 있다. 그런데 그 몫을 상대방에게, 그것도 약자에게 떠넘기듯이 하는 것은 결국 그 사람의 삶을 처절하게 망가뜨리는 일이다.

만약, 그분과의 연을 끊지 않았다면 지금의 우리 가정이 온전히 존재할 수 있었을까? 아마도 내 마음은 산산조각이 나고, 아이들은 무너지는 엄마의 그림자를 보고 자라야 했을 것이다. 그렇기에 나는 아이들 뒤에 멍을 숨긴 채 살아왔다. 그리고 결국 그 멍을 인정하고 단호히 끊어내는 선택을 할 수밖에 없었다. 돌이켜보면, 나는 사회적 약자로서, 여

   이만큼 했으면 괜찮은 부모 아닙니까

자로서, 그리고 큰며느리라는 이름으로 끝없이 강요당하고 부당하게 희생당하는 자리에 서 있었다. 그러나 내 딸만큼은 이 굴레 속에 가두지 않겠다고, 무슨 일이 있어도 반드시 지켜내겠다고 다짐해 본다.

"나는 내게 해가 되는 것과 결별할 용기를 배웠다." 이 문장을 떠올리며, 나 역시 아이와 나 자신을 지켜내기 위해 결국 결단을 내려야 했음을 인정하게 된다. 누군가는 그것을 도망이라 부를지 모르지만, 나에게는 살아남기 위한 마지막 선택이었다. 또한 **"많은 고통은 타인과의 관계에서 비롯된다. 그 고통을 끝내려면 단절이 가장 확실한 해답이 되기도 한다."** 라는 말처럼 나는 그 의미를 삶으로, 그리고 아린 통증으로 배웠다.

상처라는 것은 꿰매려 애쓴다고 해서 반드시 아물지 않는다. 어떤 관계는 끝내 붙잡을수록 더 깊이 부패해 들어가고, 어떤 사람과의 인연은 이어갈수록 삶을 무너뜨린다는 사실을 알았다. 하지만 그 깨달음조차 또 하나의 멍으로 남기도 한다. 이제 그 멍을 바라보는 법을 배워야만 비로소 다시 나로 살아갈 수 있을 것이다.

이 문장 앞에서 **상처는 숨길수록 깊어진다. 드러낼 때 비로소 나를 살리고, 아이를 지키는 힘이 된다.**

대신
아플 수 있다면

"고통은 우리를 무너뜨리는 것이 아니라, 오히려 더 강하게 만든다." (니체)
"사람은 자신이 사랑하는 이를 통해 가장 깊은 고통을 경험한다." (쇼펜하우어)

사랑은 아픔을 피하는 일이 아니라, 그 속에서 버티는 일이다. 아이가 아플 때마다 부모는 조금 더 단단해진다. 그 고통은 우리를 무너뜨리기보다, 서로를 깊이 잇는 힘이 된다.

아이가 앓을 때면 부모의 마음도 함께 뜨겁게 달아오른다. 열로 달아오른 이마에 손을 얹는 그 순간, 아이의 고통이 온몸으로 옮겨오는 듯하다. '내가 대신 아플 수 있다면.' 그 말은 단순한 감정이 아니라, 사랑의 본능에서 비롯된 절규다. 그러나 그 절규 속에는 이상하게도 두려움보다 강인함이 깃들어 있다. 부모는 아이의 고통 앞에서 흔들리지만, 결코

 이만큼 했으면 괜찮은 부모 아닙니까

무너지지 않는다.

그 고통 속에서 부모는 비로소 자신이 가진 사랑의 깊이를 확인한다. 아이를 지켜보는 동안 느낀 무력감과 두려움은 아이와 함께 견디는 힘으로 바뀌며 마음속에 단단한 뿌리를 내린다. 사랑이란 누군가의 고통을 대신 짊어지는 것이 아니라, 곁에서 함께 버티며 그 무게를 나누는 일임을 깨닫는다. 그렇기에 매번 작은 위기와 눈물의 순간이 오히려 부모와 아이 사이의 유대감을 더욱 견고하게 만든다. 아이의 고통을 마주하며 배우는 인내와 기다림, 그리고 조용히 지켜주는 마음이야말로 부모가 살아가는 힘이자, 아이를 향한 진정한 사랑의 표식이다. 그렇게 부모는 매번 아픔 속에서 조금씩 더 강해지고, 동시에 아이에게 닿는 손길 하나하나가 따뜻한 연대로 빛난다.

큰딸은 어렸을 때, 고열로 시달렸던 적이 꽤 많았다. 또래 아이들에 비해 거대한 편도를 갖고 있었던 탓에 감기만 걸려도 금세 열이 39도, 40도로 치솟았다. 사실 말이 39도, 40도지 직접 옆에서 지켜본 사람은 그야말로 공포 그 자체였다. 펄펄 끓다시피 한 몸의 체온은 아이가 숨을 내쉴 때마다 뜨거운 공기를 내뿜었고, 그로 인해 혀가 다 말라가고 있었다. 몸은 축 늘어져 마치 뼈가 없는 듯 흐느적거렸다.

그날도 큰딸은 불덩이처럼 달아올라 있었다. 체온계 바늘은 40도를 향해 치솟았고, 작은 가슴은 숨을 몰아쉬듯 빠르게 오르내렸다. 해열제를 먹여도, 찬 수건으로 온몸을 닦아줘도, 선풍기와 부채질까지 총동원

해도 열은 쉽게 내려가지 않았다. 작고 여린 아이의 몸이 저토록 힘겹게 버티고 있는데, 엄마인 나는 무조건 강해져야만 했다. 감히 힘들다고, 아프다고, 피곤하다고 내색할 수조차 없었다. 오히려 내 심장은 아이의 체온보다 더 뜨겁게 타올랐다. 어떻게 해서든 아이를 살려내야 했기에….

'차라리 내가 대신 아팠으면 좋겠다.'

그냥 맥없이 축 늘어져 있는 아이를 보면서 이런 마음이 나의 온몸을 휘감았다. 너무 아프면 아무 말도 하지 못하는 걸까. 아이는 별로 보채지도 않았고, 아프다고 울지도 않았다. 다만, 가쁜 숨만 몰아쉴 뿐, 활활 타오르는 불덩이였다. 그렇게 밤은 깊어만 가고, 아이 옆에서 뜬눈으로 계속 지켜봐야만 했다. 밤을 지새우는 게 얼마나 인간의 몸을 피폐하게 하는지 예전의 경험을 통해 잘 알고 있었다. 하지만 그때만큼은 철인이 되어야 했다. 남편과 나, 누구도 무너질 수 없었다. 부모가 아프면 아이의 삶까지 흔들린다는 사실을 너무 잘 알고 있었기 때문이다.

아이가 감기로 인해 고열이 나면 집안은 그야말로 아수라장이 되어버리곤 했다. 아이의 커다란 편도 때문에 약만 먹었다 하면 토해내는 게 일이었고, 그러다 보니 이불은 냄새와 토사물로 뒤엉켜 집안 전체를 퀴퀴하게 만들어버렸다. 게다가 당시 큰딸은 세 살이었고, 아들은 고작 돌

   이만큼 했으면 괜찮은 부모 아닙니까

을 갓 지낸 아기였기 때문에 아픈 큰딸을 돌보느라 둘째는 거의 방치 수준이었다. 한쪽 방에서는 아들의 울음소리가 끊임없이 들려왔고, 거실에서는 큰딸이 고열과의 기나긴 사투를 벌이고 있는 상황이었다.

열이 내리는가 싶으면 또다시 오르고…. 그렇게 시간이 흘러 칠흑 같은 어둠이 찾아왔을 때, 도저히 안 되겠다 싶어 서둘러 짐을 쌌다. 화장지, 물티슈, 기저귀, 여벌 옷, 체온계 등등. 남편은 축 늘어진 큰딸을 둘러업고, 난 아들을 안고 부랴부랴 병원 응급실로 향했다. 어둠 속에서 흔들리는 가로등 불빛이 마치 불안한 나의 마음을 비추는 듯했다. 남편은 퇴근 후 지칠 대로 지친 몸이었지만, 그 순간만큼은 철인이었다. 우리는 부모였고, 아이가 아프면 아플 수 없는, 아파서는 안 되는 그런 존재였다.

응급실에서의 밤은 언제나 긴 기다림이었다. 나는 아이의 몸을 찬 물수건으로 닦고 또 닦으며 열이 식기만을 간절히 바랐다. 영문도 모른 채 한참을 울던 어린 아들은 간신히 잠이 들어 기다란 의자에 눕혀놓았고, 남편은 그 옆에서 밤을 지새웠다. 새벽이 깊어질수록 몸은 천근만근 무거웠지만, 이상하게도 버틸 힘이 생겼다. 그게 바로 자식을 향한 부모의 사랑, 그 절대적 사랑이 만들어낸 강한 힘 때문이 아니었을까 싶다.

문득, 이런 생각이 스쳤다. '그 당시, 지독히도 아팠던 순간들을 아이는 기억하고 있을까.' 아마도 세 살짜리 아이의 기억 속에는 그 기나긴 밤의 고통이 오래 남아 있지 않을 것이다. 하지만 내 마음속에는, 남편의 눈빛 속에는, 그날 있었던 장면들이 하나하나 생생하게 살아있다. 불 덩이 아이를 둘러업고 병원 응급실로 향하던 남편, 갓난아기였던 아들을 안고 헐레벌떡 뛰어다니던 나의 모습, 엉엉 울다 지쳐 잠들어버린 어린 아들, 그리고 홀로 아픔과 싸우던 여린 큰딸의 모습…. 그 하나하나의 장면들이 지금도 선명하게 그려진다. 그렇게 수많은 날들을 버티고 또 버티며 살아왔다.

"고통은 우리를 무너뜨리는 것이 아니라, 오히려 더 강하게 만든다." 이 문장을 떠올리는 순간, 고개를 끄덕이게 됐다. 아이가 사투를 벌이던 날, 부모는 선택의 여지 없이 철인이 되어야 했다. 그래야 아이가 조금이라도 더 빨리 회복될 수 있을 것 같았기 때문이다. 또한 **"사람은 자신이 사랑하는 이를 통해 가장 깊은 고통을 경험한다."**라는 어느 철학자의 말처럼 그 당시, 큰딸의 고통은 몇 배가 되어 나에게로 흘러들어왔다. 내가 대신 아플 수 있다면 좋겠다고, 진심으로 그렇게 바랄 만큼.

그런데 아이의 고통을 함께 견딘다는 건, 단순히 강한 의지나 헌신의 문제가 아니었다. 나는 그 시간 동안 아이를 위로하기보다, 아이의 고통을 마주한 나 자신을 다독이기 바빴다. 그 작고 연약한 존재가 아파하는 걸 보는 것은 내가 아픈 것보다 훨씬 더 견디기 힘든 일이었으니까. 아이를 살피며 동시에 나의 무력감과 싸워야 했고, 그 무력감이 점점 공포로 변해갔다. 그 순간 깨달았다. "내가 대신 아프고 싶다."는 말 속에는

 이만큼 했으면 괜찮은 부모 아닙니까

아이의 고통을 덜어주려는 사랑만이 아니라, 그 고통을 더 이상 견딜 수 없는 나의 절박한 본능도 함께 숨어 있었다는 사실을.

아이는 나의 전부였지만, 그 전부를 향한 사랑이 때로는 통제와 두려움으로 뒤섞여 있었다. 엄마로서 아이가 더 이상 아프지 않도록 최선을 다했지만, 어떻게 보면 그 과정에서 아이가 아플 수 있는 자유를 조금씩 빼앗고 있었던 게 아니었을까 싶다. 사랑은 때때로 너무 강해서 상대를 품으려다 질식시킨다. 내가 대신 아프고 싶다는 그 마음은 결국 아이를 지키려는 사랑과 내 자신이 무너질까 두려운 마음이 맞닿은 지점이었다. 그 복잡한 감정의 실타래 속에서 비로소 '엄마'라는 존재의 인간적인 허약함을 마주하게 되었다.

혹시, 당신도 그런 적이 있는가. 아이의 고통을 바라보다가, 차라리 내가 대신 아팠으면 좋겠다고 생각한 적이. 그 마음이 사랑인지, 두려움인지 헷갈렸던 그 순간들 말이다. 하지만 그건 이기적인 게 아니라, '엄마'라는 불완전한 존재의 진실함이다. 중요한 건, 결국 내가 대신 아프고 싶었다는 그 마음은 바로 당신이 아이와 함께 끝까지 아파할 수 있었던 사람이라는 사실이다.

> 이 문장 앞에서 **"내가 대신 아프고 싶다"는 말에는 사랑뿐 아니라, 더는 견딜 수 없는 부모의 절박함도 함께 담겨 있다.**

사랑마저
비교되기 시작했다

사랑은 언제부턴가 등급으로 환산되었다. 아이의 성적이 부모의 자존심이 되어버린 사회에서 교육은 즐거움이 아니라, 전쟁터가 되어가고 있었다.

사실, 아이들이 초등학교에 입학했을 때만 해도 그저 즐겁게 배우고, 친구들과 잘 어울리면 된다고 생각했다. '행복은 성적순이 아니잖아요'라는 어느 영화 제목처럼 행복함에 있어서 성적이 전부가 아님을 믿었고, 학교는 지식을 배우는 곳이자, 사회성을 익히는 장이라고 여겼다. 하지만 아이가 학년을 올라갈수록, 그 순수한 바람은 사회 현실이라는

　　　　　　　이만큼 했으면 괜찮은 부모 아닙니까

거대한 벽 앞에서 점점 무너져 내렸다. 가장 두려웠던 것은 주변 아이들과의 비교가 바로 눈앞에서 이루어졌다는 점이다. 그렇게 나도 서서히 우리나라의 교육 현실에 물들어갔다.

"○○이는 영어 몇 점 맞았어?"

아이가 중학교를 앞둔 초등학교 고학년 시절부터 내 마음은 불안해지기 시작했다. 주변 엄마들의 교육열과 아이들의 실력 레벨을 지켜보면서 혹시나 내 아이만 뒤처지는 게 아닌가 싶어 늘 마음을 졸였다. 그동안 논술은 생각하는 힘을 키워준다는 의미에서 중요하다고 생각했기 때문에 꾸준하게 학원의 힘을 빌렸다. 그리고 영어는 동네에서 나름 빡세기로 유명한 소형학원에 보냈다. 주로 단어 암기량을 내세워 많은 양의 단어를 외우게 하는 그런 학원이었다. 그게 다였다. 솔직히 경제적인 이유로 사교육을 많이 시킬 수도 없었고, 아이들 역시 거기까지가 최선이었다. 다만, 수학은 집에서 문제집을 1~2장씩 푸는 게 전부였는데, 어떨 때는 그것도 풀기 싫어해서 한바탕 난리가 났던 적도 있었다.

지금 생각해 보면, 나의 교육열은 아이들이 딱 초등학생이던 때까지만 유지됐다. 그 당시로서는 나름 교육열이 꽤 있는 편이었지만, 실은 학습에 대한 아무런 정보도 없이 얼떨결에 그 대열에 올라탄, 어떻게 보면 어설픈 엄마이지 않았나 싶다. 당시 아이가 공부를 곧잘 해준 덕에

교육열은 불타올랐지만, 그다음의 노력이 없었기 때문이다. 즉, 아이들 교육에 대한 정보라든지 아이들의 레벨이 어느 정도인지 파악하는, 그래서 맞춤 교육을 시켜줄 수 있는 그런 분석적인 부분 말이다. 그런데 나는 아이들에게 그저 막연하게 열심히 하라는 말만 강요했다. 그렇게 나만의 어설픈 교육열은 큰딸이 중학교를 앞두고 있는 시점에 맹모삼천지교로 갈아타게 만들었다.

그때부터 사랑은 사랑의 모습으로만 존재할 수 없었다. 그저 건강하고 밝게 자라주면 된다고 했던 마음은 어느 순간 좋은 대학에 가야 한다는 압박으로 변해가기 시작했다. 아이의 노력이 부족해서가 아니라, 사회가 그렇게 부모와 아이를 몰아갔다. 부모의 마음속 깊은 곳에 자리 잡은 순수한 사랑은 대학 입시라는 굴레 속에서 성적에 휘둘리는 사랑으로 변질되기 시작한 것이다. 성적표에 담긴 숫자 하나가 아이의 가치를 가르는 잣대가 되었고, 고등학교에 들어서는 순간부터 아이의 성적은 곧 '등급'으로 표시되었고, 그 숫자는 단순한 결과가 아닌 서열을 의미했다. 그리고 등급은 대학 입시의 당락을 좌우했고, 결국 대학의 순위와 직결되었다.

사실 그 부분에 있어서 나 역시 자유롭지 못했다. 학군지로 이사를 결심했을 때, 스스로는 더 좋은 교육 환경을 주고 싶었다고 말했지만, 돌이켜보면 그 선택의 밑바탕에는 사회적 시선과 불안이 자리 잡고 있었다. 내 아이만 뒤처지면 어떡하나, 남들보다 불리한 출발을 하는 건 아

 이만큼 했으면 괜찮은 부모 아닙니까

닐까 하는 불안이 결국 나를 학군지로 끌어들인 것이었다. 그 안에서 '밝은 미래'라는 명목을 앞세워 아이에게 공부를 강요했고, 아이가 성적표에 휘둘릴 때마다 내 마음 역시 출렁였다.

그렇게 나의 불안과 아이의 마음이 부딪히면서 결국 커다란 위기가 찾아왔다. 큰딸이 중학교 1학년 무렵이었다. 아이의 눈빛은 이미 엄마를 향한 자식의 모습이 아니었다. 그때부터 끝이 보이지 않는 어두운 터널로 깊숙이, 아주 깊숙이 빠져들게 된 것이다. 그때 깨달았다. 아이의 사춘기에 불을 붙였던 근본적인 원인 중 하나가 바로 부모의 과욕이었음을. 아이가 진짜 원하는 것이 무엇인지보다 사회가 요구하는 기준에 맞추려는 내 집착이 아이를 점점 더 지치게 만들었음을 알게 된 것이다. 그리면시 난 모든 것을 아이의 자율에 맡겼다. 하지만 그 과정이 결코 쉽지만은 않았다.

우리나라 교육 현실은 부모로 하여금 사랑을 지켜내기 어렵게 만든다. 입시라는 무거운 구조 속에서 부모의 사랑은 너무 쉽게 '경쟁의 도구'로 변질된다. 아이에게 더 나은 미래를 주고 싶다는 마음, 그 마음은 분명 순수했지만, 그 순수가 사회적 질서와 제도의 틀 안에서 변형되고, 굴절되면서 결국 아이와 부모 모두를 힘겹게 만드는 굴레로 작동하는 것이다. 사실, 그 당시 엄마로서의 나의 마음도 공부에 대한 강요, 그 이면에 사회에 대한 비판이 끊임없이 자리 잡고 있었다.

돌이켜보건대, 사랑은 결코 경쟁이 되어서는 안 된다. 그러나 현실은 언제부턴가 우리에게 사랑의 정의조차 바꿔버렸다. 성적과 대학 이름이 아이의 미래를 결정하듯 여겨지는 사회에서 부모의 사랑은 본의 아니게 점수와 등급을 매개로 표현되었다. 그 속에서 진짜 중요한 '아이의 행복'은 너무 쉽게 물거품이 되어버린다. 아이의 재능과 속도를 있는 그대로 바라보기보다 비교의 눈으로 재단하며 안심을 얻는 부모들. 그 속엔 뒤처질까 봐 불안한 마음이 숨어 있다. 결국 사랑은 아이를 위한 것이 아니라, 내 불안을 덜기 위한 수단으로 변질된 것일지도 모른다.

"사랑은 자유를 줄 때 가장 빛난다." 이 문장을 떠올리며 아이들에게 강요가 아닌 자유를 건네기 시작했을 때, 조금씩 변화가 생겼다. 아이들이 나를 바라보는 시선이, 그리고 스스로를 대하는 태도가 달라졌다. 또한 **"우리는 자식을 위해서가 아니라, 자기 자신을 위해 아이를 강요한다."** 라는 이 문장을 통해 부모로서 부끄러움과 깨달음이 동시에 전해졌다. 나 역시 아이를 향한 교육열이 결국은 사회적 시선에서 비롯된 불안이었음을, 그제야 인정하게 되었기 때문이다.

사랑이 경쟁이 되는 순간, 관계는 무너진다. 그런 사랑은 서로를 성장시키지 못하고, 결국엔 서로를 지치게 만든다. 아이가 남보다 잘하는 게 중요한 게 아니라, 아이 자신으로 살아갈 수 있게 해주는 용기가 진짜 사랑이다. 부모의 사랑이 비교에서 자유로워질 때, 아이는 비로소 자신만의 속도로 숨을 쉴 수 있다. 그리고 그 자유 속에서 피어나는 평온함

　　　　　　　　　이만큼 했으면 괜찮은 부모 아닙니까

이야말로 우리가 그토록 찾아 헤매던 행복의 진짜 얼굴이 아닐까 싶다.

아이가 남보다 잘하는 것보다, 자기 자신으로 살아갈 수 있게 해 주는 것이 진짜 사랑이다.

Chapter 02

사춘기,
부모의 길이 흔들리다

사춘기는 아이만의 변화가 아닙니다.

부모 역시 이 시기를 지나며

이전의 방식이 더는 통하지 않는다는 사실을 배웁니다.

이 장은 아이의 성장이 아니라,

부모가 내려놓는 연습에 대한 기록입니다.

아이의 꿈에
욕심을 입히다

나는 아이에게 가장 잘 어울릴 것 같은 옷을 골랐다. 생각이 깊고, 말이 단단한 아이였으니까. 하지만 그 옷은 사실 내가 입혀보고 싶은 옷이었다.

부모라는 이유로 우리는 종종 아이보다 한발 앞서 꿈을 꾼다. 아이의 성향을 읽고, 장점을 발견하며, 그에 맞는 길을 미리 그려본다. 나 또한 그랬다. 어릴 적부터 사물의 이치를 궁금해하고, 책 속 문장을 오래 붙잡고 있던 아이를 보며 생각했다. '이 아이는 사람들 속에서 생각을 전하는 일을 하면 좋겠다.'라고. 그 생각은 애정이었지만, 어느 순간 방향이 바뀌었다. 아이의 선택을 믿기보다, 내가 생각한 길이 맞다는 확신으로 바뀐 것이다. 그 옷이 조금 커 보여도 언젠가 꼭 어울릴 거라 여겼다. 그런데 시간이 지나면서 알게 되었다. 그 옷은 아이의 몸에 맞춰진 게 아니라, 내 욕망에 맞춰진 옷이었다는 걸.

큰딸은 학군지로 이사 온 후 모든 것이 달라졌다. 집은 낮설었고, 주변은 경쟁과 성취로 빽빽하게 채워진 동네였다. 처음에는 괜찮았다. 아이는 여전히 묵직하고, 믿음직스러운 성격으로 잘 버텨냈다. 그러나 시간이 갈수록 작은 금이 갔다. 학원 스케줄은 하나둘 늘어났고, 아이의 일상은 점점 빽빽해졌다. 집에 돌아오면 파김치가 된 얼굴로 웃음 대신 한숨을 먼저 흘렸다. 나는 눈치로 알고 있었다. 아이가 힘들다는 것을. 하지만 부모로서 해줄 수 있는 게 아무것도 없었다.

그 무렵, 수학 학원에서 일이 있었다. 숙제를 제대로 해오지 않았다는 이유로 한 여교사가 아이에게 폭언을 퍼부은 것이다. 아이는 그날 돌아와 이불을 뒤집어쓴 채 오랫동안 울었다. 그동안 숙제 부분에 대해서는 단 한 번도 혼나본 적이 없었기 때문에 딸 입장에서는 충격이었을 것이다. 또 논술학원에서도 소외를 겪었다. 이미 오래 함께한 아이들 사이에 이사 온 아이가 끼어드는 건 쉽지 않았다. 그룹 토론 시간마다 아이는 혼자가 되었고, 그 고립감이 깊은 상처로 변했다. 그때도 엄마로서 아이의 마음을 충분히 살펴주지 못했다. "조금만 더 버티면 괜찮아질 거야." 라며 다독이는 말만 반복했을 뿐이다. 사실은 나 자신도 불안했기 때문

　　　　　　　　　　이만큼 했으면 괜찮은 부모 아닙니까

이다. 학군지에 와서 잘 적응해야 한다는 강박, 여기서 흔들리면 아이의 미래도 흔들린다는 두려움이 나를 옥죄고 있었다.

그러던 어느 날, 결국 터질 게 터졌다. 늘 그렇듯 피곤한 얼굴로 돌아온 아이에게 무심코 '외교관' 이야기를 꺼냈다. 사실 그건 아이가 아닌 내가 정해놓은 꿈이었다. 아이가 어렸을 때부터 책을 무척 좋아했고, 또 영어에 대한 관심도도 꽤 높았기 때문에 초등학교 저학년 때부터 외교관이라는 꿈을 심어주었다. 물론 아이도 "외교관이 뭐야?"라는 질문과 함께 관심을 갖기 시작했고, 그와 관련된 책들도 사달라고 조르곤 했다. 그런데 그날은 '외교관'이라는 말이 떨어지기가 무섭게 아이가 내 눈을 뚫어지도록 바라보았다.

"엄마가 왜 내 꿈을 좌지우지해."

낮고 단호한 목소리였다. 순간, 뒤통수를 세게 얻어맞은 듯 멍해졌다. 내가 아는 딸의 얼굴이 아니었다. 믿음직스럽던 모습은 사라지고, 낯선 아이가 내 눈앞에 서 있었다. 그날 이후 딸은 끝이 보이지 않는, 길고 어두운 사춘기의 터널로 들어섰다.

솔직히 그 말을 들었을 때, 몹시 부끄러웠다. '내 옷을 아이에게 입히려 했구나.' 아이에게 맞지도 않는 옷을 고집스럽게 입히며, 그것이 아이를 위한 길이라고 착각했다. 사실은 내 두려움과 욕심을 가리고 있었을 뿐이다. 외교관이라는 직업은 아이가 아니라, 내가 바라던 미래였다. 아이의 인생은 아직 펼쳐지지도 않았는데, 나는 벌써 틀에 끼워 넣으려고 했던 것이다. 그것이 얼마나 폭력적인 일이었는지, 사춘기를 맞은 아이의 눈빛이 나를 향해 던진 질문 속에서 그 해답을 찾아갔다.

아이의 반항은 단순한 성격 변화가 아니었다. 그것은 자기 존재를 지키려는 몸부림이었다. "이건 내 옷이 아니야. 나는 내 옷을 입고 싶어." 사춘기의 본질은 바로 그 선언에 있음을 사춘기 터널 속에서 서서히 깨닫게 되었다. 그리고 이제야 알 것 같다. 부모는 아이의 성장을 돕는 동반자이지 삶의 설계자가 아님을. 그러나 현실 속에서 부모는 종종 자신이 정해 준 길이 아이를 위한 최선이라는 오만에 빠진다. 나 역시 그 덫에 걸려 있었다.

뒤돌아보면, 아이가 학원에서 받은 상처나 친구 관계에서 느낀 외로움보다 더 큰 아픔은 바로 엄마에게 인정받지 못한 자기 꿈이었을 것이다. 내가 미리 정해둔 외교관이라는 옷은 그동안 아이의 어깨를 짓누르고 있었고, 아이의 반항은 그 무게에서 벗어나려는 몸부림이었다. 이후로 나는 아이에게 어느 정도의 자유를 허용했고, 다시는 내 옷을 아이의 꿈에 입히지 않았다. 다만, 아이가 자기 옷을 찾도록 옆에서 지켜봐 줄 뿐이었다. 긴 기다림의 시작이었다.

"사람은 자기 길을 가야 한다. 아무리 많은 사람들이 그 길이 옳다고

　　　　　　　　　이만큼 했으면 괜찮은 부모 아닙니까

말해도, 자기 길이 아니면 의미가 없다." 이 문장을 떠올리며 큰딸의 사춘기를 다시 생각한다. 결국 내 꿈을 아이에게 억지로 입힌 결과가, 어쩌면 사춘기를 촉발시킨 근본적인 원인이었음을 뒤늦게 깨달았다. 또한 **"아이를 사랑한다면 그에게 자유를 허하라."**라는 어느 철학자의 말처럼 부모가 진심으로 아이를 사랑한다면, 대신 선택해 주는 것이 아니라, 스스로 미래를 선택할 수 있도록 한발 물러나는 일일 것이다.

진짜 자유는 누군가의 꿈을 대신 꿔주는 것이 아니라, 그가 스스로 꿈을 꾸게 놔두는 데서 시작된다. 큰딸이 콘서트장으로 향할 때 손을 놓아 주었고, 아이가 내 어설픈 춤을 보고 웃었을 때 우리는 비로소 서로에게 닿을 수 있었다. 엄마로서 아이에게 해줄 수 있는 것은 완벽한 길을 마련해 주는 것이 아니라, 아이가 넘어지고 일어설 때 곁에 남아줄 수 있는 사람이 되는 것이었다. 그렇게 알량한 자부심과 두려움을 모두 내려놓자, 우리 둘의 관계는 조금 더 가벼워졌고, 나는 다시 한번 긴 항해를 계속할 용기를 얻었다.

혹시 당신도 아이에게 어울릴 것 같다는 이유로, 옷을 대신 골라준 적이 있는가? 나는 그 옷이 세상에서 가장 따뜻한 사랑이라 믿었지만, 사실은 아이를 향한 엄마의 욕망이었음을 알게 되었다. 아이의 삶은 결국 아이 자신의 체온으로 맞춰져야 한다는 걸 깨닫기까지 참 오랜 시간이 걸렸다. 부모로서 우리가 해야 할 일은 아이의 옷을 대신 고르는 게 아니라, 그 옷이 불편하지 않은지 곁에서 살펴주는 일이 아닐까 싶다.

 진짜 자유는 누군가의 꿈을 대신 꿔주는 것이 아니라, 한 사람이 스스로 꿈을 꾸도록 기다려주는 데서 시작된다.

이만큼 했으면 괜찮은 부모 아닙니까

사춘기 앞에서
밀려나다

말을 건네는 생각

"사람은 어둠 속에서야 자기 자신을 진정으로 마주한다." (니체)
"우리가 사랑하는 이들에게 가장 상처 주는 순간은 그들이 우리에게 닫힌 마음을 보일 때가 아니라, 우리가 끝내 그 마음에 다다르지 못한다는 사실을 깨닫는 순간이다." (쇼펜하우어)

닫힌 문 하나가 이토록 두 세계를 갈라놓을 줄은 몰랐다. 문틈으로 새어 나오는 어둠은 사실 아이의 것이 아니라, 내 그림자였다.

큰딸의 사춘기는 이제 막 들어온 길고 어두운 터널이었다. 보통 우리가 아는 터널은 어느 순간 확 트인 바깥세상으로 나오게 되어 있다. 그런데 끝이 없는 터널이라면 얼마나 답답할까.사춘기 터널이라는 말은 결코 비유가 아니었다. 하루하루가 실제로 무겁고, 답답하고, 숨이 막혔다. 어디로 향하는지조차 알 수 없는 그 길에서, 한 치 앞도 내다볼 수 없는 칠흑 같은 어둠만 있을 뿐이었다. 끝이 있기는 한 걸까. 끝날 수 있을까. 확신조차 서지 않았다.

아이와 나 사이를 가로막는 건 보이지 않는 벽이었다. 아무리 말을 건네고 다가서려 해도 닿지 않는 거리. 내 목소리는 언제나 공기 중에 흩어져 허공으로 사라지는 것 같았다. 아이는 내 말을 전혀 듣지 않았고, 내 눈빛을 피했으며, 내 존재 자체를 불편해하는 듯 보였다. 늘 그렇듯 아침이 밝아오면 가슴이 답답하고, 숨이 막혀왔다. 그렇게 밤까지 이어졌고, 그다음 아침이 밝아오면 똑같은 상황의 연속이었다. 사방 천지가 모두 암흑이었다.

학교나 학원에서 돌아오면 늘 똑같은 장면이 반복됐다. 버튼 누르는 소리와 함께 현관문이 찰칵 열리고, 무거운 발걸음 소리가 방으로 향하면서 잠시 숨을 죽이게 되는 순간, 곧바로 '쾅' 하고 방문이 닫혔다. 그 문소리에 내 마음은 덜컥 내려앉았다. '도대체 왜 그러는 걸까.' 나는 한참을 멍하니 서 있었다. 들어가서 안부를 물어봐야 하는지, 아니면 그냥 내버려 둬야 하는지, 내 마음은 갈팡질팡 좀처럼 중심을 잡을 수가 없었다. 아마도 아이는 자신의 방문만 닫은 것이 아니라, 엄마인 내 마음까지 닫아버린 듯했다.

아이의 방문은 우리 사이의 경계선이자 금지선이었다. 가끔 용기를 내어 말을 걸면 돌아오는 것은 날카로운 말투, 혹은 차갑게 흘려버리는 무심함이었다. 그나마 말이라도 해주면 다행이다. 대꾸를 아예 안 하는

     이만큼 했으면 괜찮은 부모 아닙니까

경우도 허다했다. 그렇게 내 자존심은 바닥을 쳤고, 매번 답답한 마음에 가슴이 저렸다. 내 안에 쌓이는 서운함과 분노는 점점 커졌고, 그날의 사건은 마침내 그것이 터져버린 순간이었다.

학교에서 돌아온 아이는 또다시 방문을 '쾅' 하고 세게 닫았다. 여전히 이유는 알 수 없었다. 그저 반복되는 일상이었고, 나는 아무 일도 없었다는 듯 집안일을 하고 있었다. 그런데 그날은 유독 머리끝까지 화가 치밀었다. 아마도 참는 데 한계가 왔거나, 그날 컨디션이 최악이지 않았을까 싶다. 순간, 억눌렸던 감정이 폭발해 버렸다. 손에 들려있던 행주를 내동댕이친 채 곧바로 아이의 방문을 열어젖혔다. 그리고 젖 먹던 힘까지 다해 소리쳤다.

"너 도대체 이게 무슨 짓이야!"

그때 아이의 눈빛이 번쩍이며 나를 향했다. 그 순간, 낯설고 무서운 기운이 방 안을 가득 메웠다. 아이는 나를 쏘아보며 마치 내 존재를 방에서 몰아내듯 밀어냈다. 그때만큼은 나도 순순히 물러서지 않으리라 다짐했다. 여기서 밀려나면 더는 들어갈 수 없다는 오기가 나를 붙들었고, 그 악으로 문틈에 몸을 고정한 채 끝까지 버텼다. 손과 다리가 부들부들 떨렸다. 그래도 내가 낳은 자식인데, 이 정도로 분노가 치밀어 오를까 싶었다.

그렇게 안간힘을 쓰다가 결국 아이의 힘에 밀려 얼굴이 문틈 사이에 끼이고 말았다. 순간, 너무 아파서 비명을 질렀고, 본능적으로 얼굴을 빼버리고 말았다. 그리고 곧바로 문은 다시 '쾅' 하고 닫혔다.

문이 닫히자, 집 안은 기묘할 정도로 조용해졌다. 나는 그저 멍한 표정으로 거실 베란다 쪽을 향했고, 그제야 내 안에 눌려 있던 감정들이 무너져 내렸다. 눈물이 걷잡을 수 없이 쏟아졌다. 행여나 아이가 울음소리를 들을까 싶어 속으로 삼키며 가슴을 후려쳤다. 그렇게 얼마나 울었을까. 마치 시베리아 벌판에 나 홀로 내팽개쳐진 듯한 그런, 잔인한 외로움이 느껴졌다. 아이에게 밀려나 문밖에 버려진 것은 내 몸이었지만, 더 정확히는 내 마음이었다.

나는 아이의 방문밖에 서 있었지만, 사실 내 그림자는 이미 오래전부터 그 문밖에 버려져 있었는지도 모르겠다. 사실, 내가 붙들려고 한 것은 아이가 아니었다. 어느 순간, 내 마음속 깊은 곳에서 꿈틀거리기 시작한 불안과 욕심, 그리고 '좋은 엄마'에 대한 증후군이 아이를 짓누르고 있었던 건 아닐까 하는 자책이었다. 눈에 넣어도 아프지 않을 만큼 아이가 정말 사랑스러웠던 적이 있었다. 그런데 언제부턴가 그런 아이를 향한 나의 마음에 때가 묻기 시작했고, 그제야 고통스러운 자각이 밀려왔다.

그날 방문이 '쾅' 하고 닫혔을 때, 이미 본능적으로 직감할 수 있었다. 아이가 엄마인 나의 품을 벗어나 이제는 자신의 길을 찾고 있다는 사실을. 그 길이 어디로 이어질지 알 수는 없었지만, 분명한 건 엄마인 나도

　　　　　　　　　　　　이만큼 했으면 괜찮은 부모 아닙니까

서서히 아이를 놓아줘야 한다는 생각이 들었다. 하지만 어디서부터 어떻게 시작해야 할지 그저 막막할 뿐이었다. 그렇게 시간이 흐르고…. 나는 아이 옆에서 그냥 조용히 지켜보는 입장이 되어 있었다.

"사람은 어둠 속에서야 자기 자신을 진정으로 마주한다." 이 말처럼 나 역시 아이의 어두운 사춘기를 통과하며 비로소 나 자신을 보게 되었다. 만약, 사춘기가 없었다면, 내 자녀들은 여전히 나의 통제 속에서 자유를 오해한 채 살아가고 있었을지도 모른다. 또한 **"우리가 사랑하는 이들에게 가장 상처 주는 순간은 그들이 우리에게 닫힌 마음을 보일 때가 아니라, 우리가 끝내 그 마음에 다다르지 못한다는 사실을 깨닫는 순간이다."** 라는 말을 통해 아이에게 더 다가가기보다, 더 이상의 상처를 주지 않기 위해 조용히 기다림을 선택했다.

사실, 참 어려운 일이다. 상대방의 마음을 헤아린다는 게…. 더욱이 북한도 무서워서 못 쳐들어온다는 중2병. 물론 우스갯소리이긴 하지만, 그만큼 사춘기 아이의 마음을 헤아린다는 것은 부모도 감당하기 힘든, 그런 무거운 짐이다. 다만 부모가 억압과 강요를 내려놓고, 아이와 눈높이를 맞춘다면 그때 비로소 아이의 방문이 활짝 열리지 않을까 싶다.

문이 닫히는 소리 앞에서야 알았다. 아이는 엄마의 품을 떠나는 것이 아니라. 자기 삶의 방향으로 걸어가고 있었다는 것을.

이만큼 했으면 괜찮은 부모 아닙니까

웃고 있지만
물고 있었다

한순간의 미소가 나를 살리고, 그다음 순간의 독설이 나를 무너뜨렸다. 사춘기란, 아이가 아닌 엄마의 심장을 시험대 위에 올려놓는 시간이었다.

사춘기의 미소는 참 묘하다. 겉으로는 아무 일 없다는 듯 미소를 짓지만, 그 뒤에는 어딘가 낯선 그림자가 도사리고 있다. 어느 날은 친구처럼 내게 농담을 던지던 아이가 어느 순간 문을 '쾅' 닫고 들어가 버린다. 그 미소는 순수함의 잔재이자, 동시에 독립을 예고하는 신호다. 사춘기는 아이가 부모로부터 한 걸음 떨어져 나가려는 자연스러운 시기이지만, 그 과정은 결코 평화롭지 않다.

그 시기, 감정은 예민해지고, 이유 없는 반항이 늘어나며, 말 한마디에도 불꽃이 튄다. 그 속에는 '나는 누구인가'라는 내면의 절규가 숨어 있다. 부모의 눈에는 단지 변덕처럼 보이지만, 아이에게는 자신을 지켜내기 위한 생존의 몸부림이다. 결국 사춘기의 날카로움은 성장의 한 과정일 뿐, 부모와의 관계를 끊으려는 게 아니라, 스스로의 울타리를 세워가려는 몸짓이라는 걸 한참 후에야 깨달았다.

사춘기라는 시기는 지금 생각해 봐도 다시는 되돌아가고 싶지 않은, 그런 어둡고, 숨 막히고, 답답했던 공포의 시간이었다. 그 당시, 큰딸의 사춘기로 인해 매일 무너져가던 내 어깨 위에 작은 희망이 찾아오기도 했다. 유난히도 상처받은 어느 날, 평소에 표현을 잘 하지 않던 아들이 다가와 내 어깨에 살며시 손을 얹어주던 그 순간이 그랬다. 마음이 너무 힘들 때는 작은 손길 하나가 그토록 큰 힘이 되는 걸까.

"엄마, 힘내."

그 한마디에 눈물이 핑 돌 정도로 위로를 받았다. '작은 손길 하나가 이렇게 든든한 힘이 될 수도 있구나.' 하는 마음에 잠시나마 내 마음은 따뜻하게 녹아내렸다. 그러나 그 위로가 오래가지는 못했다. 며칠 지나지 않아 아들이 돌변했기 때문이다. 사춘기라는 거대한 파도가 어느 날

 이만큼 했으면 괜찮은 부모 아닙니까

불쑥 찾아와 또 내 아들의 몸과 마음을 휘감아버린 것이다. 그 모습을 보면서 마치 도깨비에 홀린 것 같은 기분을 느꼈다. 어제까지 다정했던 아이가 오늘은 낯선 괴물처럼 변해버리니 어느 부모라도 혼란스럽고, 기가 막히지 않겠는가.

아들은 초등학교에서 중학교로 넘어갈 즈음, 게임을 좋아하는 친구를 만나면서 그 세계에 빠져들기 시작했다. 그리고 중학생이 되면서 사춘기와 게임은 그야말로 절친이 되어버렸다. 학교를 마치고 집에 오면 당연하다는 듯 컴퓨터 앞으로 직행했다. 처음에는 혼자 하던 게임이 두세 명의 친구와 연결되는 그룹게임으로 확대되었고, 곧 수십 명이 동시에 접속해 전쟁을 치르는 가상 세계로 옮겨갔다.

컴퓨터 사양도 업그레이드되어야 했다. 더 빠른 그래픽 카드, 번쩍이는 키보드, 묵직한 헤드셋, 여러 개의 버튼이 달린 특수 마우스까지…. 어느새 아들의 방은 작은 게임방을 방불케 했다. 벽에는 모니터 불빛이 현란하게 새어 나왔고, 밤마다 울려 퍼지는 함성과 욕설이 집안을 가득 에워쌌다. 나는 마치 게임방에서 주문한 음식을 배달하는 사람 같았다. 밥이면 밥, 간식이면 간식, 그야말로 천상천하 유아독존에게는 아무것도 통하지 않았다. 더 큰 전쟁을 막기 위해서라도 입시를 준비하는 큰딸과 다음 날 출근을 해야 하는 남편은 이를 악물고 버텨야만 했다.

더 큰 문제는 시간이었다. 학원을 다니며 공부에 매진하는 또래 아이들과는 달리 아들은 학원은커녕 책상에 앉아 책 한번 펼쳐 본 적이 없었다. 다시는 오지 않을 그 소중한 시간을 가상의 세계에 모두 반납한 채 오직 그 세계에서의 승부욕만 불타오르고 있었다. 그렇게 아들은 학교를 마치고 집에 오면 곧장 게임에 몰두했고, 새벽 두세 시가 지나서야 비로소 컴퓨터 전원을 껐다.

그런 상황 속에서 어떤 엄마가 그냥 가만히 지켜볼 수 있었겠는가. 처음에는 말을 아끼며 타이르려 했다. 하지만 말은 금세 욕설로 되돌아왔고, 결국 화를 참지 못하고 몸싸움까지 벌어지곤 했다. 지금도 아들 방 벽에는 주먹만 한 구멍이 남아 있다. 도배지로 대충 메워놓았지만, 그 흔적은 지워지지 않는다. 옷장 문은 한쪽이 약간 비뚤어진 채로 덜컹거리고, 방바닥은 무엇이 내동댕이쳐졌는지 약간 패인 채로 홈이 생겼다. 그 시절의 흔적들…. 사춘기의 위력이 아직까지 내 집 안에 상처처럼 남아 있다.

무엇보다 힘들었던 건, 그 모든 상황이 단기간에 끝난 게 아니라, 수년 동안 매일 같이 반복되었다는 사실이다. 밤마다 울부짖는 게임 소리, 욕설, 손찌검, 문이 쾅쾅 닫히는 소리…. 집안은 늘 전쟁터 같았다. 간혹, 고요함이 찾아오더라도 폭풍 전야였다. 곧바로 사춘기의 위력은 집안을 초토화시키곤 했다. 그렇게 큰딸의 사춘기가 지나고, 곧바로 아들의 사춘기가 들이닥치면서 가족 모두가 두려움 속에 지냈고, 나는 늘 공포에 짓눌려 살았다.

아이의 미소 하나에 살아갈 힘을 얻다가도 그 미소 뒤에 숨은 날카로운 이빨에 다시 물려 쓰러지곤 했다. 사춘기란 결국 아이의 성장 시간이

 이만큼 했으면 괜찮은 부모 아닙니까

사, 동시에 부모의 시험대라는 것을 그때 뼈저리게 느꼈다.

"괴물과 싸우는 사람은 자신도 괴물이 되지 않도록 조심해야 한다. 심연을 오래 들여다보면, 심연도 당신을 들여다본다." 이 문장을 내 삶에 비추어 봤을 때, 사춘기 아이들과 맞서던 시기, 나 역시 괴물이 되어가고 있었다. 그 시절은 내 생애 가장 날카롭고, 악했던 시간이었다. 또 이런 문장이 있다. "고통은 인생의 본질이며, 그 속에서 우리는 성숙한다." 나는 아이들의 사춘기를 통과하며 '나'를 벗고, 비로소 '엄마다운 엄마'를 입었다.

사실 그 시절은 내 인생에서 가장 고통스러웠지만, 또 한편으로는 가장 성장했던 시간이기도 했다. 아이의 불안정한 감정 앞에서 내 감정도 무너지고, 휘둘렸다. 그러나 아이를 미워하면서도 끝내 포기하지 못하는 내 자신을 발견할 수 있었다. 이런 말이 있다. '사춘기 아이와 맞서는 것은 바람과 싸우는 일과 같다.' 그 시절의 나는 그 바람 앞에서 버티느라 매일 흔들렸다. 그러나 그 흔들림 속에서 비로소 엄마라는 존재가 어떤 무게인지 온몸으로 깨달을 수 있었다.

이 문장 앞에서 　사춘기의 날카로움은 관계를 끊기 위한 칼이 아니라, 아이가 자기만의 울타리를 세우기 위해 휘두르는 몸짓이었다.

참아온 사랑이
가시가 될 때

> "삶의 고통은 피할 수 없지만, 그 고통을 견디는 태도는 우리를 위대하게 만든다." (니체)
> "모든 위대한 사랑은 고통과 인내 위에 세워진다." (쇼펜하우어)

'엄마'라는 존재는 가시밭길을 맨발로 걸어가면서도 웃음을 잃지 않으려는 희생의 또 다른 말이었다. 보이지 않는 상처가 발바닥을 찌를 때마다 나는 묻곤 했다. 이 길의 끝에는 정말 아이의 행복한 미소가 있을까. 아니면 나의 고단했던 헌신만 덩그러니 남아 있을까.

가시나무에 걸린 마음은 쉽게 풀리지 않는다. 어떤 날은 아이를 위해 헌신하는 내 모습이 자랑스럽다가도, 어떤 날은 그 헌신이 나를 옭아매는 덫처럼 느껴졌다. 엄마니까 참아야 한다는 말은 언제나 명령처럼 들려왔다. 그래서 늘 웃었고, 괜찮다고 말했다. 하지만 웃음 뒤에는 피 묻

  이만큼 했으면 괜찮은 부모 아닙니까

은 손이 있었다. 아이를 향한 사랑이 가시처럼 날카로워질 때마다 그 가시에 내 마음을 걸고, 피 흘리며 버텼다. 그것이 자식을 향한 부모의 사랑이라고 믿었기 때문이다. 그런데 언제부턴가 그 희생이 꼭 아름다운 것만은 아니었다. 때로는 아이가 아닌 나 자신을 잃어버리게 만든 눈물의 그림자이기도 했다.

사춘기 아이들과 부딪히는 것은 벽에 머리를 들이받는 것과도 같았다. 아니, 어쩌면 벽보다 더 단단하고 차갑게 느껴졌다. 아무리 다정하게 말을 걸어도 대꾸는 없었다. "밥 먹자."라는 말에도, "뭐 필요한 거 없어?"라는 질문에도 아이들은 마치 벽돌 담장처럼 묵묵부답으로 서 있었다. 눈빛은 얼음처럼 차갑고, 입에서 흘러나오는 몇 마디는 바늘처럼 날카로웠다. 그때마다 내 속에서 끓어오르는 분노가 아이들을 향해 터져 나오려고 했지만, 엄마라는 자리는 그것을 본능적으로 막아섰다. 맞서 봤자 아무 소용이 없다는 것을 알아가고 있었으니까.

사춘기라는 긴 터널 안에서 내가 선택할 수 있는 길은 묵묵히 견디는 것뿐이었다. 순간순간 치밀어 오르는 분노와 서러움을 삼키며 그저 엄마의 역할에 매달렸다. 누군가 내게 "엄마가 되는 건 어떤 일이냐"고 묻는다면, 아마도 이렇게 말할 것 같다. "도 닦는 일과 다르지 않다."라고. 솔직히 산속에서 108배를 반복하며 고요한 명상을 하는 편이 훨씬 수월할지도 모르겠다는 생각이 든 적도 꽤 있다. 사춘기 아이들과 함께하는 시간은, 그보다 훨씬 더 고통스럽고 끈질긴 인내를 요구하기 때문이다.

"일어나. 일어나라니까. 일어나라고….”

아침마다 아이를 깨우는 일조차 전쟁 같았다. 이불을 들추면 다시 머리를 파묻고, 불러도 듣지 못한 척했다. 그래도 학교에 보내야 하기에 아이 옆에 앉아 20분 가까이 등을 긁어주거나 팔을 주물러주며 조금이라도 기분 좋게 일어나도록 애썼다. 또한 기상 벨 소리보다 더 확실한 자명종 역할을 도맡아야 했다. 그렇게 나는 전쟁 같은 아침 시간을 시작으로 아이의 밥을 차리고, 방을 치우고, 학교 준비물을 챙겨주며 하루하루를 버텨냈다.

그런데 사춘기만 버텨낸다고 끝은 아니었다. 비록 사춘기는 아니지만, 사춘기 탈을 쓴 제2의 입시 사춘기가 곧 뒤에 따라붙었다. 그 시기도 날카롭고, 차갑기는 마찬가지였다. 아들은 사춘기가 거의 끝나갈 무렵, 입시 준비와 맞닥뜨렸다. 그만큼 사춘기도 길었다. 모처럼 마음 잡고 공부를 하고 싶었겠지만, 뜻대로 되지 않았을 것이다. 아침에 일어나 학교에 가는 게 너무 힘들었는지 자주 아팠다.

그래도 고등학교에서의 출석은 대학 입시와 맞물리는 너무도 중요한 부분이었기에 나는 아들과 약속을 했다. 고등학교 3년 동안 등굣길에 차로 바래다 주기로. 사실 그 과정이 무척이나 힘들고, 지치는 일이었지만, 약속한 대로 3년을 지켰다. 언젠가 아들이 아침 등굣길에 물었다. "엄마, 근데 나 왜 바래다 주는 거야?” 그때 잠시 생각에 잠긴 뒤 대답했

 이만큼 했으면 괜찮은 부모 아닙니까

다. "너 잘 키워보려고…." 그리고 한동안 침묵이 흘렀다.

3년…. 하지만 무엇보다 힘들었던 건, 내가 감정 쓰레기통이 된 것 같은 순간들이었다. 아이들은 마구 쏟아내고, 나는 그걸 받아내야만 했다. "짜증 나!", "왜 나한테 그래?", "엄마가 뭘 알아!" 같은 말들이 매일 같이 가시처럼 꽂혔다. 가시가 한두 개일 때는 뽑아내고, 잊을 수 있지만, 날마다 쏟아지는 수십 개의 가시에 찔리다 보면 마음은 만신창이가 되어버리곤 했다. 그럼에도 불구하고 반응하지 않았다. 만약, 그 순간 화를 내거나 맞받아치면 속이야 후련할 수 있겠지만, 아이들의 상처는 더 깊어질 테니까. 결국 나는 스스로의 자존심과 감정을 희생하며 아이들을 지켜내는 길을 택했다.

가끔은 이런 생각도 들었다. '꼭 이렇게까지 해야 하나? 내 인생은 어디에 있는 걸까?' 하지만 그 이면에는 또 다른 두려움이 마음을 옥죄었다. 아이들이 혹시라도 극단적인 선택을 하지는 않을까, 내 한마디가 아이를 더 어둡게 몰아넣지는 않을까 하는 공포 말이다. 그래서 가능한 한 목소리를 죽이고, 감정을 눌러 담으며, 아이들 곁에 조용히 머물렀다. 제발 이 시기가 무사히 지나가기만을 바라면서.

"삶의 고통은 피할 수 없지만, 그 고통을 견디는 태도는 우리를 위대하게 만든다." 이 말처럼 그 시절의 나는 매일 가시에 찔리며 피 흘리는 가시나무 같았다. 그렇다고 그 가시를 꺾을 수도, 벗어날 수도 없었다.

그저 엄마로서 묵묵히 견뎌내는 수밖에 없었다. 또한 **"모든 위대한 사랑은 고통과 인내 위에 세워진다."**라는 말처럼 그 힘들었던 시간을 버텨냈기에 아이들도, 나도 무너지지 않고, 여기까지 올 수 있었던 것 같다.

그 당시, 아이들의 눈빛과 말투는 여전히 차갑고, 무심했다. 하지만 그 속에서도 희미한 빛을 믿고자 했다. 언젠가는 이 가시밭길이 끝나고, 아이들이 다시 내 품으로 돌아오리라는 희망 말이다. 그리고 비록 희생으로 인해 내 삶이 뾰족한 가시에 걸려 찢기더라도 결국 그 상처는 아이들과 함께 살아냈다는 증거가 되지 않을까. 시간이 지나면 그 상처 위로 새살이 돋고, 그 자리에 피어난 사랑은 더 단단하고, 더 깊어질 것이다. 어쩌면 희생은 우리를 상처 내는 가시가 아니라, 다시 서로를 끌어안게 하는 진심의 뿌리일지도 모르겠다.

혹시 당신도 사춘기라는 가시밭길을 맨발로 걷고 있는가. 사랑하는 사람일수록 상처는 깊고, 회복은 더딜 수 있다. 하지만 기억하자. 피 흘린 만큼 사랑은 진실이 되고, 그 고통의 무게만큼 관계도 단단해진다는 사실을…. 비록 가시에 찔리는 순간은 아프겠지만, 그 가시가 지나간 자리마다 깊은 사랑이 피어날 것이다.

희생은 우리를 찌르는 가시가 아니라, 다시 서로를 끌어안게 만드는 진심의 뿌리일지도 모른다.

 이만큼 했으면 괜찮은 부모 아닙니까

내려놓자
아이가 자랐다

가끔은 어른이 무너져야 아이가 숨을 쉰다. 흐트러짐이 없는 완벽한 모습보다는 우스꽝스럽고 불완전한 모습일 때, 오히려 아이는 안도감을 느낀다. 부모의 약함이 아이의 틈새를 채워주는 순간이 분명히 있다.

사춘기 아이를 키우는 건, 어쩌면 연극 무대에 서는 일과 닮아 있었다. 무대 위 배우처럼 내 본심을 감춘 채, 장면마다 달라지는 역할을 연기해야만 했다. 그것이 결코 진심이 아니라는 것을, 가식적인 몸짓이었음을 너무도 잘 알고 있었다. 하지만 가정의 평화를 위해서라도, 집안의 어두운 공기를 조금이나마 환기시키기 위해서라도, 아이들과의 어색한 관계를 피하기 위해서라도, 그것 말고는 딱히 방법이 없었다.

나는 아부도 잘 못 하고, 표현도 다소 서툰 편이다. 그런 내가 사춘기 아이들을 있는 그대로 마주할 경우, 과연 어떤 일이 벌어질지는 불 보듯 뻔한 일이었다. 날 선 말다툼, 깊은 상처, 돌이킬 수 없는 거리감, 급기야는 누군가 집을 뛰쳐나갈 수도 있는, 그야말로 최악의 상황까지 예측하지 않을 수 없었다. 그래서 본능적으로 움직였다. 차라리 '연기'를 하자. 내 성격을 숨기고, 상황을 조금이라도 유연하게 만드는 게 낫다고 판단한 것이다. 물론 처음엔 무척 어색했다. 무엇보다도 사춘기 아이들을 향한 분노의 감정이 연기를 할 수조차 없게 만들었다. 그러다가 결국 생존의 수단으로써 서서히 연기자가 되어 갔다.

한번은 큰딸과 지하 주차장에서 이런 일이 있었다. 내 뒤를 바짝 따라오던 딸이 장난스럽게 내 뒷목 옷깃을 확 잡아당겼다. 나보다 덩치도 크고, 키도 큰 아이였기에 충분히 가능한 장난이었다. 순간, 나는 우스꽝스럽게 앞으로 고꾸라지듯 몸을 숙이며, 삐에로가 된 듯한 춤을 췄다. 딸의 손에 끌려 어설프게 흔들리는 엄마의 모습, 마치 작은 인형이 큰 거인의 손아귀에 잡힌 듯한 광경이 연출되었던 것이다.

"하하하하하하….”

그런데 뜻밖에도 늘 무표정으로 일관하던 딸의 입에서 그날따라 호탕

　　　　　이만큼 했으면 괜찮은 부모 아닙니까

한 웃음이 터져 나왔다. 깔깔거리며 웃는 그 모습은 오랫동안 내 마음속을 비추는 등불이 되었다. 비록 '바보 같은 엄마'가 되는 순간이었지만, 그 어설픈 몸짓이 딸에게 있어서는 답답한 현실로부터 잠시나마 환기를 시켜준 셈이다. 그때 그 웃음, 그 웃음은 끝이 보이지 않는 어둡고 긴 사춘기 터널 속에서 세상 무엇보다 값진 선물로 다가왔다.

아들과의 장면도 비슷했다. 당시, 게임의 세계에 깊이 빠져 있었던 아이는 아침이든 밤이든 모니터 앞에서 눈이 벌겋게 충혈된 채 시간을 보내곤 했다. 그 모습을 옆에서 지켜보고 있노라면 분노가 끝없이 치밀어 올랐다. "도대체 왜 이렇게 사냐."라는 말이 목구멍까지 차올랐지만, 그때마다 내 성격을 숨겼다. 대신 '소심한 엄마'라는 역할을 선택했다. 솔직히 그 역할은 나의 성격과는 전혀 맞지 않는 그런 역할이었다.

고함 소리가 들릴 때마다 아이의 방문을 살짝 열고는 작은 목소리로 "이제 좀 그만해야지….” 하고 중얼거리듯 말한 뒤 다시 얼른 문을 닫아 버리곤 했다. 그렇게 문밖에 선 나 자신이 너무 초라해 보이고, 한심하게 느껴질 때가 많았다. 아이 앞에서 기죽은 엄마처럼 연기하는 내 모습이 부끄러웠고, 다른 한편으로는 어떻게 돌변할지 몰라 무섭기도 했다. 돌이켜보면, 가슴을 쓸어내릴 정도로 다행이었다는 생각도 든다. 만약, 그 당시 끓어오르는 분노를 그대로 아이에게 쏟아냈다면 아마도 지금 우리의 관계는 산산조각 났을지도 모르겠다.

"○○아, 너 바, 밥 먹었어?"

그 시절, 나는 수없이 무너졌다. 가끔은 엄마로서 무너지는 척하기도 했지만, 진짜로 무너졌을 때는 아무 일도 없었다는 듯 숨겼다. 엄마가 무너지면 아이들도 무너지기에 그 무너짐을 어설픈 연기로 채워 넣은 것이다. 그런데 아이들은 그 틈에서 자랐다. 완벽하지 않은 엄마, 가끔은 바보 같고, 소심한 엄마를 보면서 아이들도 저마다의 숨통을 찾았던 게 아닐까 싶다. 그 무시무시한 사춘기 아이 앞에서 말까지 더듬는 부모도 있었다. 그게 바로 나였다.

무너진다는 것은 단순히 힘이 빠지는 일이 아니었다. 그것은 내 안의 완벽함이 깨지는 순간이었고, 내가 믿어온 이상적인 부모상이 무너지는 시간이기도 했다. 처음엔 그게 너무 두려웠다. 아이 앞에서 흔들리는 내 모습을 들킬까 봐. 나약한 엄마로 보일까 봐. 하지만 아이는 이미 알고 있었다. 부모도 완벽하지 않다는 사실을. 아이는 부모의 강함만으로 크는 게 아니라, 부모의 무너짐을 통해서도 배운다. 내가 조금씩 무너질 때마다 아이는 인간의 본질에 대해서 배워가고 있었을 것이다. 어쩌면 부모의 완벽함이 아니라, 그 불완전함이야말로 아이에게 물려줄 수 있는 가장 진실된 삶의 모습이 아닐까 싶다.

"무너지는 것은 새로운 힘을 낳는다." 이 문장을 내 삶에 비추어 보면,

 이만큼 했으면 괜찮은 부모 아닙니까

그 당시 아이들은 내가 무너지는 것을 보며 비로소 숨을 쉴 수 있었고, 조금씩 자기 자리로 돌아가기 시작했다. 또한 **"자기 길을 가게 내버려 두는 것은 가장 큰 자유를 주는 일이다."**라는 어느 철학자의 말처럼 엄마인 내가 권위를 내려놓자, 아이들에게는 자유가 주어졌고, 그 자유 속에서 아이들은 스스로의 길을 찾아가고 있었다.

아이를 키운다는 것은 강인함을 연기하는 일이 아니라, 적절히 무너져주는 일일지도 모르겠다. 그렇게 무너짐을 통해 아이는 자라고, 부모는 다시 일어선다. 결국 부모의 완벽함으로는 사춘기를 건널 수 없다. 오히려 부모가 잠시 내려놓을 때, 아이가 스스로 설 자리를 찾을 수 있는 것이다. 엄마가 흔들리고 무너지는 모습을 보면서 아이도 성장한다는 씁쓸한 현실. 그것이 내가 사춘기를 지나오며 얻은 가장 큰 깨달음이었다.

부모로서 무너지는 순간이 찾아올 때, 우리는 흔히 그것을 실패라고 부른다. 그러나 아이의 눈으로 보면 그건 오히려 배움의 순간일지도 모른다. 완벽하려고 애쓸수록 마음은 닫히고, 진심을 보여줄수록 마음은 열린다. 당신이 무너졌던 그날이, 사실은 아이가 자라던 날이었을지도 모른다. 완벽하지 않아도 괜찮다. 부모의 상처와 흔들림 속에서 아이는 삶의 단단한 뿌리를 배우고 있을 테니까.

이만큼 했으면 괜찮은 부모 아닙니까

멀어져서
알게 된 사랑

사랑이란 손을 꽉 쥐는 일이 아니라, 손을 놓아주는 용기 속에서 더 깊어진다. 멀어질수록 보이지 않던 마음의 결이 드러나고, 떨어질수록 서로의 존재가 더 또렷해진다.

아이들이 사춘기에 들어서면서 가장 힘들었던 점은 점점 멀어져 가는 것을 견디는 일이었다. 그전까지는 내가 먼저 다가가면 아이들도 손을 내밀어주곤 했다. 말 한마디, 작은 행동 하나에도 반응이 돌아오던 시절이 있었다. 그런데 사춘기라는 낯선 터널에 들어선 순간, 아이들은 돌연 등을 돌리고 나와 거리를 두었다. 마치 나를 투명 인간으로 만드는 것처럼, 그 시선은 차갑고, 공허했으며, 무심했다.

처음엔 부모와 자식 간에도 이렇게 멀어질 수 있다는 게 너무 가슴이 아팠다. 자식이라는 존재는 늘 내 곁에 머물면서 웃고, 울고, 떠들고, 징징거리는 존재라고 믿어왔으니까. 하루에도 수십 번은 마음이 흔들렸다. '내가 뭘 잘못했을까?', '왜 이렇게 나를 거부할까?' 자책과 억울함이 교차했다. 그동안 나름 최선을 다해 키웠다고 생각했는데, 배신감마저 들곤 했다. 가슴이 답답했다. 도대체 나한테 왜 그러냐고, 내가 뭘 그렇게 잘못했냐고 소리치고 싶었지만, 그 이후 나에게 닥칠 더 큰 허망함을 알기에 속으로만 삭혔다. 그런데 시간이 흐르면서 그 멀어짐 속에 깊은 사랑이 숨어 있다는 걸 깨달았다.

사실, 부모의 사랑은 두 얼굴을 가지고 있는 것 같다. 하나는 가까이 붙잡고 돌보는 사랑, 또 하나는 멀리서 지켜보며 기다려주는 사랑이다. 나는 그 두 번째 사랑을, 사춘기 아이들을 통해 처음으로 연습하게 되었다. 아이가 어릴 때는 그저 품 안에 두고 세세히 챙겨주는 것이 사랑이라 믿었다. 밥을 차려주고, 옷을 입혀주고, 다쳤을 때 약을 발라주는 일상 속의 손길이 곧 사랑이었다.

그러나 아이가 성장할수록, 그 손길이 점점 아이의 숨을 막는 족쇄로 변해버릴 수도 있다는 생각이 들었다. 아이의 세계가 커지는 만큼, 나의 역할은 작아져야 한다는 것을 머리로는 알고 있었지만, 마음은 그렇지 못했다. 아이의 삶을 통제하고 있다는 것을 인정하는 일, 사실 그것은 너

 이만큼 했으면 괜찮은 부모 아닙니까

무도 고통스러운 일이었다. 그게 바로 사랑이라고 생각했으니까. 그럼에도 불구하고 조금씩 물러서려고 노력했다. 아이의 방문 앞에서 멈추고, 먼저 말을 걸고 싶은 충동을 누르고, 아이가 먼저 다가올 때까지 기다리는 것. 그렇게 아이를 한 사람의 독립된 존재로 바라보기 시작했다.

물론 처음부터 내려놓는 게 쉽진 않았다. 내가 배 아파 낳은 자식을, 그토록 소중히 간직했던 자식을 이제는 떠나보내야 한다는 게 내게는 너무도 잔인한 일이었다. 자식을 향한 부모의 사랑은 본능인데, 그 본능을 억지로 눌러야 한다니…. 하지만 곰곰이 들여다보니 내가 붙잡고 있던 사랑은 결국 내 방식대로의 집착에 가까웠다. 잘 되길 바라는 마음, 행복해지길 바라는 기대, 그런 것들이 사실은 아이들의 어깨를 짓누르는 또 다른 무게였던 것이다.

그때 떠오른 건, 내 엄마의 모습이었다. 당신은 자식들에게 어떠한 간섭도, 권위도, 억압도 하지 않았다. 기대조차 드러내지 않았다. 어린 시절에는 그 모습이 무정하고 심지어는 무책임해 보이기도 했다. 친구 집 엄마들이 성적표를 챙기고, 진로에 대해 조언하고, 친구 관계까지 세세히 간섭할 때, 당신은 늘 "네가 알아서 해라."라는 말뿐이었다. 사실 그 당시에는 무척 서운했다. 하지만 나이가 들고 아이들을 키워보니 그게 오히려 가장 큰 사랑이었다는 걸 깨닫게 되었다.

억압도, 집착도, 기대도 없는 사랑. 무조건적인 자유를 주는 사랑. 그건 차갑게 느껴질 수 있지만 돌아보면 가장 따뜻하고 넉넉한 품이었다.

지금은 돌아가신 엄마 덕분에, 내 인생은 여전히 따뜻한 기억으로 채워져 있다. 그 당시, 내 엄마의 모습은 그랬다. 자식한테 심부름도 시키지 않았고, 욕설도 내뱉지 않았고, 공부하라고 강요도 하지 않았으며, 부모로서 권위도 내세우지 않았다. 다만, 조용히 자식들 뒤에서 흥얼흥얼 콧노래를 부르고, 꽃을 가꾸고, 집안을 살뜰히 챙기는 기억으로만 남아있을 뿐이다.

그래서 이런 나의 엄마처럼 내려놓은 사랑을 흉내 내보기로 했다. 아이들이 필요로 하는 것은 가능한 한 지원해 주면서도 옆집 아이 대하듯, 그냥 편안히 내버려 두는 사랑. 물론 옆집 아이에게는 지원해 줄 이유도, 관심 가질 이유도 없기에 사춘기 자녀를 향한 부모의 사랑이 어떤 것인지 감히 상상조차 할 수 없었다. 하지만 그것이야말로 우주만큼 넓고 커다란 사랑일지 모른다는 생각이 들었다.

정말 쉽지 않았다. 내려놓다가도 불쑥 고개를 내밀고, 관심을 표현하고, 조언을 건네곤 했다. 그럴 때마다 아이들은 부담스러운 표정으로 "엄마, 그냥 내버려 둬. 내가 알아서 할게."라고 말하곤 했다. 처음엔 그 말이 서운했지만, 그 말 자체가 나를 더 단단하게 만들기도 했다. 그렇게 시간이 흐르면서, 나 스스로도 깨닫는 부분이 많이 있었다. '진정한 사랑은 잡는 게 아니라, 내려놓는 거구나.' 그렇게 멀어짐 속에서 오히려 아이들에 대한 사랑은 더 깊어졌다.

 이만큼 했으면 괜찮은 부모 아닙니까

"사랑은 소유하려는 의지에서 벗어나야만 비로소 자유로워진다." 이 문장을 곱씹어보면, 사랑과 집착은 전혀 다르다. 물론 상대방을 좋아하는 의미에서는 같을 수 있겠지만, 집착은 상대방을 구속하기 때문에 결국 지치게 만들고, 진정한 사랑은 상대방에게 자유를 주기에 오히려 편안함을 느끼게 된다. 또한 **"사랑은 소유가 아니라, 자유롭게 놓아주는 것이다."** 라는 문장을 통해 사춘기 시절, 아이들에게 향한 잘못된 집착을 내려놓을 수 있었다.

지금은 마음이 편안하다. 사랑이란 붙잡는 것이 아니라, 놓아주는 것에서 서로가 숨 쉴 수 있다는 것을 알았기에. 한때는 아이가 내 곁을 떠난다는 게 커다란 상실로 다가왔지만, 지금은 그 거리가 너무도 편안한 안정감을 주었다. 서로에 대한 믿음이 존재하는 한 멀어짐은 서로에게 좋은 방향을 가르쳐 주기도 한다. 아이는 나의 손길이 닿지 않는 곳에서 스스로의 삶을 일구었고, 나는 그 빈자리에서 나 자신을 다시 발견할 수 있었으니까. 결국 진정한 사랑은 끝없이 품는 것이 아니라, 믿음으로 기다리는 용기라는 걸 알게 되었다.

이 문장 앞에서 **멀어질수록 보이지 않던 마음의 결이 드러나고, 떨어질수록 서로의 존재는 더 또렷해진다.**

흔들리는 집을
붙잡고 있었다

"고통이 인간을 강하게 만들지 않는다. 고통 속에서 버텨내려는 의지가 인간을
  강하게 만든다." (니체)
"인생은 끊임없이 흔들리는 집 위에 서 있는 것과 같다. 그럼에도 우리가 무너지
  지 않는 이유는 그 흔들림조차 견디는 힘을 기르기 때문이다." (쇼펜하우어)

집은 언제나 따뜻해야 한다고 믿었다. 하지만 때때로 전쟁터가 되었
다. 가구가 부서지지 않아도, 말이 창처럼 날아와 마음을 찢어놓았다.
그럼에도 불구하고 나는 그 자리를 지켰다. 부서져 가는 집을 겨우겨우
붙잡으며….

사춘기! 아마도 사춘기 아이들을 키워본 부모들이라면 그 엄청난 위
력과 공포를 평생 잊지 못할 것이다. 사춘기 아이를 키우는 일은 단순히
아이와의 관계만이 아니라, 집이라는 울타리 전체를 흔들어 놓는 공포

　　　　　　　　이만큼 했으면 괜찮은 부모 아닙니까

와 마주치는 일이 있나. 큰딸의 사춘기가 '내면의 문을 걸어 잠그는 시간'
이었다면, 아들의 사춘기는 '집 밖으로 뻗어나가는 소란'이었다. 집 안팎
에서 끊임없이 사건과 사고가 이어지는 바람에 부모인 우리 부부는 마
치 소방수처럼 늘 뭔가를 수습하고, 진화해야 했다.

집이란 단순히 벽과 지붕으로 이루어진 공간이 아니라, 그 안에 사는
사람들의 온도와 숨결로 이루어지는 삶의 공간이라고 할 수 있다. 그런
데 그런 공간이 때때로 금이 가기도 했고, 또 균열이 심하게 번지기도
했다. 서로의 감정에 불꽃이 튀는 순간, 곧바로 말로 옮겨붙고, 결국 그
러한 말들은 피로와 오해로 누적이 되어 조금씩 벽을 허물어뜨렸다. 그
럴 때마다 나는 본능적으로 감정의 파편들을 쓸어 담아 더 이상 찔리지
않도록 수습하곤 했다.

때로는 내 잘못이 아닌 일에도 먼저 손을 내밀었고, 또 힘든 일이 있
어도 굳이 내색하지 않고 애써 웃음 지으려 노력했다. 마치 무너져 내리
는 집의 기둥 하나를 맨손으로 붙잡고 있는 사람처럼, 그렇게 난 온몸으
로 버티고 있었다. 하지만 내 손끝에 남은 건 언제나 따뜻함보다는 미세
한 통증이었다. 가족을 지키기 위한 손길이 때로는 내 마음을 조금씩 갉
아먹고 있었음을 그때는 미처 알지 못했다.

"우하하하하하…. 빨리 쏴. 지금 빨리 쏘란 말이야. 이 자식아!"

가장 잊을 수 없는 순간은, 새벽을 뚫고 울려 퍼지는 고함 소리였다. 아들은 게임 세계에 푹 빠져 밤을 꼬박 새우는 일이 잦았다. "조용히 해라."라는 말이 전혀 들리지 않는 듯, 분노 섞인 소리로 답했고, 그 소리가 벽을 울리며 온 집안을 흔들었다. 그 당시, 큰딸은 대학 입시 수시 준비로 신경이 날카로운 시기였는데, 이 같은 동생의 소란으로 인해 기름을 부은 듯 화가 터져 나왔다. 결국 온 가족의 화살이 아들에게로 향했고, 그 순간, '이 집이 무너지지 않을까?' 하는 두려움에 사로잡히곤 했다.

그날, 칠흑 같은 새벽 속에서 결국 큰 싸움이 터졌다. 무언가가 방바닥에 내동댕이쳐졌고, 언성이 높아졌고, 서로의 말이 폭탄처럼 터졌다. 그리고 이어 방문이 세게 닫히는 순간, 경비실에서 전화가 걸려왔다. "혹시, 집에 무슨 일 있으세요?" 이미 이웃에게서 민원이 들어왔다는 것이었다. '후유~' 한숨과 함께 전화를 끊고 나니 창문 너머로 아파트 단지의 고요함이 더욱 선명하게 다가왔다. 그 속에서 우리 집만 전쟁터가 되어 '우르르 쾅' 폭격이 일어나고 있었던 것이다.

이후에도 몇 번이나 경비실로부터 연락이 왔다. 그때마다 얼굴이 화끈거렸고, 그동안 쌓인 분노를 아들에게 막 퍼부어대고 싶었지만, 한편으로는 우리 집안싸움을 이웃에게까지 들키고 싶지 않다는 마음에 꾹 참아야 했다. 결국 밖으로 새어나가지 않도록 집 안에서 교묘히 감당하는 수밖에 없었다. 그렇게 매일 밤, 창문을 다 닫아놓은 채 그저 아들의 고함 소리만 듣고 있을 뿐이었다.

 이만큼 했으면 괜찮은 부모 아닙니까

또 다른 사건은 학교에서 찾아왔다. 아들이 학폭 피해자로 분류되어 부모가 학교에 불려 갔을 때였다. 학교 측의 얘기로는 "가해자들 옆에 있다가 피해를 입었다."는 설명이었지만, 엄마인 나의 입장에서는 쉽게 납득이 되지 않았다. '왜 굳이 그 옆에 있었을까?'라는 원망 섞인 생각이 먼저 올라왔다. 남편은 학폭 심사에 '피해자 아버지' 자격으로 참여했고, 나는 교무실에 불려 가 서류를 작성해야 했다. 낯선 용어와 절차 속에서 내 아들이 가해자가 아니라서 다행이라는 안도감과 또 언제 이런 일이 일어날지 모른다는 불안감이 동시에 밀려왔다.

그 시기, 나는 늘 부서진 집을 붙잡고 있는 손 같은 마음이었다. 소란을 잠재웠고, 갈라진 틈을 메웠고, 무너질 듯한 기둥을 버텼으며 우리 가족이 다시 다음 날을 살아내도록 지켜야 했다. 누구도 대신해 주지 않는 자리였다. 물론 남편도 늘 나와 함께 했지만 결국 가장 많이 부딪히는 사람은 엄마인 나였다. 아이를 달래고, 혼도 내고, 또 남편을 설득하고, 딸아이의 불만을 들어주며 집을 지켜내는 일은 결국 엄마의 몫이었다.

사춘기라는 격렬한 폭풍 속에서 집을 지킨다는 것. 그것은 불을 끄는 소방수처럼 매번 불 속을 뛰어드는 일만은 아니었다. 때론 불길을 잠시 바라볼 수 있는 용기도 필요했다. 아이가 제 울타리 안에서 스스로 불을 끄는 힘을 얻도록 기다려주는 것. 그것이야말로 집을 지키는 또 다른 방법임을 뒤늦게서야 깨달았다.

"고통이 인간을 강하게 만드는 것은 아니다. 고통 속에서 버텨내려는 의지가 인간을 강하게 만든다." 이 문장을 내 삶에 비추어 보면, 아이들 사춘기 앞에서 수없이 좌절하던 나의 시간이 떠오른다. 나 역시 아이들 사춘기 앞에서 수없이 좌절했지만, 가정을 지키기 위해 버티고 또 버텨야만 했다. 결국 그 의지가 나를 더 단단한 엄마로 만들었다. 또 이런 말이 있다. "인생은 끊임없이 흔들리는 집 위에 서 있는 것과 같다. 그럼에도 우리가 무너지지 않는 이유는 그 흔들림조차 견디는 힘을 기르기 때문이다." 지금껏 살아보니 인생은 끊임없는 고통의 연속이었다. 어찌 보면 사춘기라는 거대한 흔들림 속에서 견디는 힘을 길러냈고, 그 힘은 앞으로의 삶에 있어서 절대 무너지지 않으리라는 믿음을 주었다.

돌이켜보건대, 그 수많은 폭풍우 속에서도 집은 무너지지 않았다. 왜냐하면 내가 무너지지 않았기 때문이다. 가족이 서로 부딪히며 내는 균열을 내 손으로 붙잡고 있었기에 비록 금이 가더라도 다시 살아낼 수 있었다. 집은 완벽해서 따뜻한 것이 아니라, 누군가 끝내 놓지 않는 손이 있어서 따뜻해지는 곳이었다.

집은 완벽해서 따뜻한 곳이 아니라, 끝내 손을 놓지 않는 사람이 있어서 따뜻해지는 곳이었다.

이만큼 했으면 괜찮은 부모 아닙니까

아이에게
말 못 한 위로

때때로 사람에게 받지 못한 위로를 작은 생명에게서 받는다. 말 한마디 건네지 못해도 그저 곁에 있다는 이유만으로 충분한 위로가 되는 순간이 있다. 나의 하루를 무너뜨리지 않고, 붙들어주는 것은 때로는 강아지의 눈빛이었고, 그 고요한 숨결이었다.

해피는 우리 가족이 함께 데려온 강아지다. 지금은 여덟 살. 반려견이라기보다는 가족의 일원으로 당당히 자리 잡고 있다. 하지만 처음 만났을 때를 떠올리면 마음 한구석이 여전히 불편하다. 그날, 우리 가족은 동네 한 귀퉁이에 있는 분양 펫숍에 갔다. 들어가는 입구가 음침했던 그

곳은 왠지 썩 기분 좋은 느낌은 아니었다. 안으로 들어서는 순간, 수십 마리의 강아지들이 반짝이는 눈망울로 우리를 반기기라도 하듯, 격렬하게 꼬리를 흔들고 있었다. 큰딸과 아들이 "얘가 좋아.", "아니, 저 애가 더 귀여워." 하며 왔다 갔다 하던 순간, 내 눈에도 단박에 들어온 앙증맞은 한 녀석이 있었다. 그게 바로 해피였다.

그렇게 우리는 해피를 선택했고, 집으로 데려왔다. 하지만 돌아오는 길 내내 다른 강아지들의 눈빛이 마음에 걸렸다. "나도 데려가 달라."고 애원하는 듯한 그 표정들…. 그날 이후로 한동안 씁쓸한 죄책감을 느껴야 했다. 돌이켜보면 분양 펫숍이라는 공간 자체가 사라져야 한다고 생각한다. 생명을 사고파는 일, 그것을 소비처럼 대하는 우리의 태도가 분명 옳을 리 없다. 그 뒤로 나는 늘 다짐했다. 최소한 내 품에 들어온 이 아이만큼은 끝까지 책임지겠다고. 그리고 언젠가 사람과 동물이 함께 공존할 수 있는, 따뜻한 세상이 오기를 지금도 간절히 기원하고 있다.

해피가 집으로 들어온 날, 신기하게도 그날 하루만큼은 사춘기의 냉랭한 기운이 잠시 잦아들었다. 큰딸은 말없이 거실 구석에 앉아 있었고, 아들은 강아지를 안아보겠다며 쩔쩔매며 웃음을 터뜨렸다. 아이들 사이에 오가는 시선이 평소보다 조금 더 부드러워 보였다. 그때 깨달았다. 해피는 단순한 애완견이 아니라, 지금 이 시기, 우리 가족에게 꼭 필요한 존재였다는 것을.

그 뒤로 해피는 아이들과 함께 자랐다. 큰딸이 방문을 쾅 닫고 들어

   이만큼 했으면 괜찮은 부모 아닙니까

가던 사춘기 시절에도, 아들이 투덜대며 나와 말다툼을 벌이던 순간에도 묵묵히 곁에 있었다. 공기가 차갑게 얼어붙으면 꼬리를 말아쥐고 숨어버리곤 했지만, 내가 눈시울을 적실 때면, 살며시 곁에 찾아와 자신의 따뜻한 체온을 나눠주곤 했다. 말 한마디 건네지 않아도 그 순간만큼은 나에게 얼마나 큰 위로였는지 모른다.

아이들은 사춘기답게 자존심이 무척 강했다. 애써 무관심한 척 해피를 지나쳤던 큰딸이, 내가 없는 틈을 이용해 해피를 끌어안고 뽀뽀하는 장면을 여러 번 목격했다. 아들도 마찬가지였다. 잠깐 외출하고 돌아와 현관문을 열어젖히는 순간, 안고 있던 해피를 얼른 내려놓았던 모습을 본 적도 있다. 사춘기는 사랑을 표현하는 것도 숨어서 하는 것일까. 간혹 헛웃음이 나오긴 했지만, 아이들은 직접 표현하지 못하는 따뜻함과 애정을 해피에게 맡기고 있었던 것이다.

사실 해피를 키우게 된 것은 초등학생이었던 아들이 몇 날 며칠을 끈질기게 조른 결과였다. "강아지 키우면 제가 다 돌볼게요."라고 말하던 아들의 장담은 금세 공수표가 됐다. 예상했던 일이었다. 결국 먹이는 일, 대·소변 치우는 일, 목욕시키는 일, 털을 정리하고 산책을 시키는 일은 온전히 엄마인 내 몫이었다. 하지만 시간이 지나면 지날수록 이상하게도 힘들지 않았다. 오히려 정성껏 돌보는 행위 자체가 내게 위로가 되었다. 하루에 한 번, 산책 후 발을 씻겨주고, 일주일에 한 번, 털깎기와 목욕을 시켜주면서 "우리 해피, 수고했어."라고 말하는, 그 돌봄의 손길 속에 내 마음의 상처도 함께 다독여지는 느낌이었다.

특히 하루에 한 번은 꼭 야간산책을 나간다. 사회성이 부족한 해피는 밝은 대낮보다 다소 어스름한 저녁 시간대를 더 편안해한다. 동네 골목길 사이사이를 나란히 걷는 동안, 나는 세상 모든 소음을 잠시 잊는다. 하루 종일 집안에만 갇혀 있는 해피는 바깥 공기가 좋아서인지 풀숲 속으로 머리를 파묻은 채 자연의 냄새를 킁킁거리며 들이마신다. 가끔 멀리서 대형견이 다가오면 무려 18킬로그램짜리 해피를 번쩍 들어 안고 헐레벌떡 도망친 적도 있지만, 그조차도 지나고 나면 추억이 되었다. 언젠가 찜통더위로 땀이 주르륵 흐르던 날, 해피를 안고 뛰던 나를 향해 누군가 이렇게 말했다.

"아이고! 많이 힘드시겠어요."

아이들의 사춘기가 지나고 서로에게 조금 더 가까워질 무렵에도 해피는 여전히 그 자리에 있었다. 아이들이 무심한 듯 보이면서도 결국 해피에게 기대는 모습들을 보면서 이런 생각이 들었다. '내가 해주지 못하는 위로를 이 아이가 대신하고 있구나.' 어쩌면 엄마로서 아이들에게 직접 손을 내밀지 못한 순간들조차 해피는 묵묵히 채워주고 있었는지도 모르겠다. 결국 내가 해피에게 보내는 따뜻한 사랑이, 아이들에게로 향하고 있었던 것이다.

　이만큼 했으면 괜찮은 부모 아닙니까

사실 해피를 돌보면서 많은 것을 깨달았다. 사랑은 대단하고, 거창한 것이 아니었다. 그저 매일 먹이를 챙기고, 따뜻한 자리를 마련해주고, 함께 시간을 보내면서 늘 곁에 머물러 주는 것. 그 자체가 누군가에게는 가장 큰 위로가 된다. 아이들에게도, 그리고 나 자신에게도. 그렇게 해피는 우리 가족에게 소중한 존재가 되어 있었다.

"가장 단순한 생명과의 교감이 인간의 영혼을 가장 깊이 치유한다." 이 문장을 보면 반려동물이 생각난다. 그들은 말을 하지 못한다. 아니, 말을 하지만 우리 인간이 못 알아들을 수도 있다. 다만, 서로 간의 교감을 통해 우리는 상처받은 영혼을 깊이 치유 받는다. 또한 **"인간이 동물을 대하는 태도에서 그 사람의 마음의 깊이를 알 수 있다."**라는 어느 철학자의 이 문장은 해피와 함께한 지난 시간을 그대로 설명해 준다. 해피는 단순히 반려견이 아니라, 우리 가족의 또 다른 거울이었다. 나는 여전히 불완전한 엄마이고, 아이들은 여전히 성장 중이지만, 그 사이를 메워준 해피 덕분에 우리는 서로에게 조금 더 따뜻한 존재가 될 수 있었다.

그래서 나는 다짐한다. 해피를 끝까지 책임지며 돌보겠다고. 그것이 해피에게만이 아니라, 아이들이 살아갈 세상에 대한 작은 약속이 되기를 바란다. 언젠가 아이들이 성인이 되어 가정을 꾸리고, 자기 몫의 삶을 살아가더라도 해피와 함께 지낸 이 시간이 기억 속에 남아 조금 더 따뜻한 세계를 만드는 힘이 되기를 엄마로서 기원해 본다.

사춘기 이후에도
엄마는 계속된다

인생의 바다는 언제나 잔잔할 틈이 없었다. 파도가 가라앉았다 싶으면 다시 다른 방향에서 더 큰 파도가 밀려왔다. 아이들의 유년기가 끝나면 사춘기가, 사춘기가 끝나면 입시가, 입시가 끝나면 또 다른 불안이 찾아왔다. 나는 그때마다 노를 저어가듯 하루하루를 건넜다. 그렇게 엄마로서 바다 위를 끝없이 항해하고 있었다. 그 항해가 언제 끝날지, 끝이 있기는 한 건지, 늘 알 수 없는 채로 말이다.

끝나지 않는 항해 속에서 나는 늘 두 가지 얼굴로 살아왔다. 한쪽은 방향을 잃지 않으려고 안간힘을 쓰는 선장이었고, 또 다른 한쪽은 파도에 휩쓸릴 수 있는 연약한 나였다. 아이들이 자라면서 나의 바다도 깊어졌고, 그만큼 외로움도 깊어졌다. 삶의 파도는 잠시 고요해질 때도 있었다. 하지만 그 고요함은 결코 안심의 의미는 아니었다. 그건 잠시 숨을 고르는 시간일 뿐, 곧 또 다른 파도가 다가올 것을 직감하는 순간이기도 했다.

그렇게 나는 끊임없이 돛을 고치고, 방향을 조정하고, 무너진 나를 다시 일으켜 세우며 하루하루를 건너왔다. 그 바다의 한가운데서 '좋은 엄마'로 살아가야 한다는 책임감은 때로 구명조끼보다 무거웠고, 그 무게 속에서도 아이들을 향한 사랑만큼은 나를 떠받쳐주는 유일한 부력이 되어주었다.

큰딸의 사춘기가 어느덧 막을 내릴 무렵, 둘째 아들도 고등학교에 진학해 사춘기의 막바지에 접어들었다. 딸은 고3, 아들은 고1. 말하자면 '사춘기의 대미'이자 동시에 '입시 전쟁의 서막'이었다. 천상천하 유아독존을 외치며 세상을 향해 반항하던 중학교 시절은 이제 거의 끝나가고 있었다. 그런데 사춘기가 잦아들자마자 곧장 또 다른 풍랑에 휩싸였다. 아이들 인생의 가장 큰 고비라 할 수 있는 입시가 기다리고 있었던 것이다. '엄마의 항해'라는 이름의 여정에는 정녕 끝이 없었다.

큰딸은 외고에 진학하면서 일찌감치 수시 전형에 승부를 걸었다. 원하는 대학을 들어가려면 반드시 1등급을 받아야 하는데, 그 일이 어디 쉬운 일인가. 하루하루 피가 마르는 심정으로 성적에 매달리는 아이를

 이만큼 했으면 괜찮은 부모 아닙니까

보며 엄마인 나 역시 마음이 무너져 내렸다. '이놈의 입시 제도를 다 없 애버릴 수만 있다면….' 하는 생각이 하루에도 수십 번씩 치밀어 올랐다.

특히 큰딸은 학교가 집에서 멀어 매일 6시 40분 셔틀버스를 타야 했 다. 아직 해가 뜨기도 전, 졸린 눈을 비비며 집을 나서야 했고, 나 역시 보다 빨리 일어나 아이를 깨우고, 학교에 보낼 준비를 해야 했다. 학교 와 학원, 야간 자율학습을 마치고 밤늦게 귀가하면 또다시 산더미 같은 공부가 기다리고 있었다. 아마도 그 길은, 말 그대로 지옥 같은 하루하 루의 반복이었을 것이다. 문을 열고 들어오는 아이의 어깨에서 피로가 흘러내리는 것만 같아 그때마다 마음이 덜컥 내려앉곤 했다.

아들의 경우는 조금 달랐다. 고1과 고2까지는 마치 마라톤 선수의 초 반과 중반처럼 어느 정도 호흡을 가다듬으며 달려갔다. 그러나 고3이 되자 달라졌다. 정말이지 숨이 막힐 정도로 페이스를 끌어올리기 시작 했다. 학교 수업을 마치고, 잠시 집에 들렀다가 곧장 독서실로 향하는 식이었다. 그렇게 새벽까지 공부하다 지친 걸음으로 돌아오는 아들의 뒷모습은, 고등학생이라기보다 마치 세상과 외롭게 맞서는 전사 같아 보였다.

그런 아이들의 모습을 지켜보는 나 역시 쉽지 않았다. 중학교 사춘기 때는 아이들 신경을 건드리지 않으려고 숨죽이고 살았다면, 고등학교 시절에는 공부에 방해가 될까 봐 더더욱 조심스럽게 숨을 죽이고 살아 야 했다. 심지어 남편이 퇴근해 현관문을 열고 들어올 때마다 "쉿! 제발 조용히 들어와."라고 입단속을 시켜야 하는 상황이었다. 특히, 시험 기간이라든지, 성적 발표가 있는 날이면 큰딸의 날카로운 감정을 몽땅 받아내야 했고, 그로 인해 엄마인 나의 마음은 늘 살얼음판 위에 있었다.

그러나 이번에는 달랐다. 왜냐하면 아이들이 스스로 선택한 길이었기 때문이다. 고등학교에 들어와서는 부모의 강요가 아닌, 아이들 스스로 공부에 욕심을 내기 시작했다. 나는 억지로 시킨 적이 없었고, 오히려 아이들 스스로의 욕심이 엄마인 나를 더 힘들게 하기도 했다. 불만족스러운 성적표 앞에서 좌절하는 아이들을 위로하는 일, 그것이 내 몫이었기 때문이다. 솔직히 나는 아이들을 키우며 공부나 성취보다 마음이 편안한 삶이 훨씬 더 중요하다는 것을 일찌감치 깨닫고 있었다. 하지만 아이들이 스스로 원하고 부딪히는 현실 앞에서는 그저 지켜보면서 감정을 받아내고, 무너진 마음을 다독여 줄 수밖에 없었다.

결국 큰딸과 아들은 둘 다 명문대에 진학했다. 그 과정은 말 그대로 자신들과의 싸움이었고, 엄마인 나는 그 곁에서 숨죽이며 노를 젓는 '동반 항해자'였다. 다만, 큰딸은 자신이 원하는 목표에 조금 못 미쳐 한동안 깊은 좌절을 겪기도 했다. 그 당시, 딸을 지켜보며 참 많은 생각이 들었다. 세상에는 딱히 답이 없고, 인간의 감정은 끊임없이 요동치며, 불완전한 존재들이 함께 살아가는 일은 결국 방황과 고통의 연속이라는 것을.

 이만큼 했으면 괜찮은 부모 아닙니까

"살아간다는 것은 끝없는 바다를 건너는 일이다. 항구란 환상에 불과하다." 이 문장은 참 어둡다. 그래서일까. 사람들은 종종 행복에 너무 집착하는 경향이 있다. 그런데 아이러니하게 그럴수록 더 불행해진다는 사실이다. 그래서 나는 그저 물 흐르듯 살아가려고 한다. 행복과 불행을 넘나들지 않는, 그저 잔잔한 마음으로 말이다. 또 이런 문장 앞에서 깊은 생각에 잠기곤 한다. **"가정은 사랑을 약속하지만, 동시에 고통의 근원이 된다."** 사랑과 고통이 교차하는 지점이 바로 가정이 아닐까. 우리는 이미 한배를 타고 망망대해를 건너는 중이다.

돌이켜보면, 나는 아이들을 키운 것이 아니라, 함께 자라온 것인지도 모르겠다. 까마득한 바다 위를 헤매던 수많은 밤들, 나는 아이의 눈물과 나의 두려움이 한 파도 안에서 섞이는 것을 느꼈다. 그때마다 내가 잡은 것은 노가 아니라, 사랑이었다. 결국 그것이 나를 다시 일으켜 세웠고, 파도를 건너게 했다. 어느새 아이들은 자신만의 항로를 그리기 시작했고, 나는 그 뒤편에서 바람의 방향을 읽는 법을 배웠다.

이제는 거센 파도가 와도 두렵지 않다. 항해는 여전히 끝나지 않았지만, 나는 더 이상 길을 잃지 않을 것이다. 아이를 통해 세상을 배우고, 그 세상 속에서 다시 나를 찾았으니까. 그리고 오늘도 잔잔한 물결 위에서, 스스로에게 조용히 묻는다.

"이만하면, 참 잘 버텼다고 말해도 되지 않을까."

좋은 엄마로 살아야 한다는 책임은 늘 무거웠지만, 아이를 향한 사랑만큼은 끝내 나를 가라앉히지 않는 부력이 되어주었다.

이만큼 했으면 괜찮은 부모 아닙니까

Chapter 03

성인이 된 아이,
부모에게 남은 무게

아이들이 성인이 되었다는 말은,

부모의 역할이 가벼워진다는 뜻은 아닙니다.

오히려 말하지 못하는 마음과

기다릴 수밖에 없는 시간이 길어집니다.

이 장은 그 무게를 감당하며

끝을 알 수 없는 자리에서 버티는 부모의 이야기입니다.

어른 옷을
입은 아이

> "성숙하다는 것은 진지함을 되찾는 법을 배우는 일이다. 그러나 그 진지함은 어린아이의 장난에서 비롯된 것이다." (니체)
> "우리는 타인의 미숙함을 감당하며 스스로를 소진한다." (쇼펜하우어)

어른이 된다는 건 책임의 무게를 감당한다는 뜻이 아니라, 그 무게 앞에서 비틀거리면서도 끝내 스스로 일어나는 법을 배우는 과정이다.

아이들이 사춘기, 그리고 입시의 관문을 통과하고 대학생이 되었을 때, 비로소 '이제는 좀 자유로워지겠구나.' 하는 희망을 품었다. 수년간 미성년 아이들을 돌보며 온 신경을 곤두세우고 살았으니, 이제는 아이들에게서 조금은 벗어나 내 삶을 살아도 되지 않을까 하는 생각을 한 것이다. 하지만 현실은 내 바람처럼 그리 간단하지 않았다. 아이들은 어른 옷을 입었을 뿐, 여전히 어린아이 같았다. 키는 훌쩍 자라 나를 내려다

볼 만큼 컸고, 몸집은 커다란 청년과 숙녀로 보였지만, 마음의 크기만큼
은 여전히 미성숙하고, 어렸다.

큰딸은 대학교 1학년 1학기를 마치고 반수를 결심했다. 자신이 꿈꾸던
대학에 대한 미련이 쉽게 사라지지 않았기 때문이다. 동기들이 2학기를
시작할 때, 딸은 홀로 휴학계를 내고 도서관을 전전하며 다시 입시생이
되었다. 나는 그런 딸의 집념이 기특하면서도 마음이 아팠다. '한 번은
원하는 길을 가봐야 후회가 없겠지.'라는 생각으로 지켜보았지만, 결과
는 뜻대로 되지 않았다. 고작 1문제로 학교가 갈린 것이다. 그렇게 다시
실패의 문턱에 선 딸은 큰 절망감에 휩싸였고, 몇 달 동안 방안에 웅크
려 있던 모습이 아직도 눈에 선하다.

시간이 흘러 딸은 복학했지만, 문제는 그때부터였다. 1학기 때 사귀었
던 몇몇 친구들이 보이지 않았고, 새로이 관계를 맺기에는 이미 마음이
닫혀 있었다. 특히, 축제 시즌이 되었을 때는 혼자라는 사실이 더욱 도
드라졌다. 같이 놀러 갈 친구 하나 없다는 현실 앞에서 그동안 꾹꾹 눌
러왔던 감정들이 한꺼번에 터져 나왔다. 어느 날 밤, 혼자 조용히 누워
있는 내 앞에 딸아이가 다가오더니 이내 엉엉 울어버리는 것이었다. 그
흐느낌은 얼마나 서러웠는지 내 마음을 갈기갈기 찢어놓았다. "엄마, 나
너무 외로워…."라는 말에 딸의 눈물을 닦아줄 수도, 그 외로움을 대신
감당할 수도 없었다. 순간, 아이가 분명 성인이 되었지만, 여전히 어른
옷을 걸친 채 길을 잃은 아이라는 생각이 들었다.

 이만큼 했으면 괜찮은 부모 아닙니까

아늘도 다르지 않았다. 대학에 막 입학했을 무렵, 술자리에 휩쓸려 다리를 크게 다치는 바람에 한 달 넘게 깁스를 하고 다녀야 했다. 대학 생활의 시작을 절뚝거리는 다리로 보내야 했던 아이는 몇몇 강의를 빠질 수밖에 없었고, 그로 인해 개강 초반부터 삐그덕거리는 경험을 해야 했다. 아들을 부축하며 병원을 오가던 그 시절, 내 마음속에는 '이 아이들이 언제쯤 자신에 대한 책임을 온전히 질 수 있을까?' 하는 답답함이 쌓였다. 이제 성인이 되었으니 스스로 다 잘할 거라 믿었지만, 여전히 내 손길을 필요로 하는 모습들이었다.

그 순간 깨달았다. 부모의 바람은 늘 '이제는 괜찮겠지.'라는 착각을 동반한다는 것을. 아이들이 성인이 되면 부모의 돌봄에서 벗어나 홀로 서리라 기대했다. 그러나 그건 부모로서의 희망 사항일 뿐, 아이들의 현실은 달랐다. 성인이 된다는 것은 단순히 나이를 먹는다고 해서 저절로 완성되는 게 아니었다. 마치 큰 옷을 입고 어설프게 서 있는 것처럼, 아이들은 성장이라는 옷에 몸을 맞춰가는 중이었다.

나는 스스로에게 자주 묻곤 한다. '내가 아이들에게 너무 많은 걸 바라는 건 아닐까?' 하고 말이다. 성인이 되었으니 당연히 독립적일 것이라고, 이제는 스스로 삶을 개척할 것이라고 쉽게 단정한 건 아니었는지…. 사실, 돌이켜보면 내 스무 살 시절도 그리 대단하지 않았다. 세상 앞에서 벌벌 떨면서도 애써 어른인 척, 모든 걸 아는 척했을 뿐이다. 사실 그때의 나 역시 보호받고 싶고, 길잡이가 필요했다. 그런데도 아이들에게는 이제 다 컸으니 스스로 하라고 요구한 셈이다. 어쩌면 나는 그만큼 지쳐 있었고, 부모로서의 짐을 하루라도 빨리 벗고 싶었는지도 모르겠다.

아이들이 울고 무너지는 모습을 마주할 때마다 내 안에서는 두 가지 목소리가 싸운다. 한쪽은 "네가 개입하지 마라, 아이가 스스로 견뎌야 한다."고 말한다. 다른 한쪽은 "아직 이 아이는 여린데, 어떻게 그냥 두고 볼 수 있느냐."고 소리친다. 두 목소리 사이에서 흔들리는 나 자신을 보며 부모의 역할이란 단순히 끝나거나 사라지는 것이 아니라, 형태를 달리해 계속 이어지는 일임을 깨닫게 된다. 어린 시절에는 손을 잡아 이끌어야 했다면, 이제는 그 옆에 묵묵히 서서 넘어져도 다시 일어날 수 있음을 믿어주어야 한다. 울음을 다독이는 대신, 그 눈물이 헛되지 않음을 알려주는 것. 그것이 내가 배워야 할 또 다른 부모의 자리였다.

그리고 또 한편으로는 어른 옷을 입은 아이들을 보며 나 또한 어른이라는 이름을 입고 살지만 여전히 미숙하고 흔들리는 순간이 얼마나 많았는지 뒤돌아보게 된다. 즉, 아이들은 내 거울이 되어 내 안의 결핍을 드러내 주는 것이다. 결국 아이들을 통해 나 역시 아직 성장 중이라는 사실을 깨닫게 된다.

"성숙하다는 것은 진지함을 되찾는 법을 배우는 일이다. 그러나 그 진지함은 어린아이의 장난에서 비롯된 것이다." 이 문장의 의미를 생각해 보면, 아직 어른 옷이 맞지 않는 아이들의 몸부림은, 결국 성숙으로 가

 이만큼 했으면 괜찮은 부모 아닙니까

는 신기한 장난일지도 모른다는 생각이 든다. 그런데 그것을 알면서도 쉽게 안심할 수가 없다. 왜냐하면 나는 엄마니까. 또 어떤 문장에서는 **"우리는 타인의 미숙함을 감당하며 스스로를 소진한다."**라고 말한다. 엄마로서 성인이 된 아이들의 미숙함을 지켜보는 것은 그리 쉬운 일이 아니다. 그것은 아마도 어른 옷을 입은 아이에게 어른처럼 행동하기를 바라는 조급함 때문일 것이다.

돌이켜 보건대, 어른이 된다는 건 결코 나이의 문제가 아니었다. 어른이 된다는 건 수많은 실패와 좌절, 다시 일어섬을 겪으며 천천히 몸에 맞는 옷을 찾아가는 일이다. 아이들이 그 과정을 겪는 동안 엄마는 단지 그 옆에서 기다리는 사람이 되어야 한다. 하지만 아이들을 보며 흔들리고, 여전히 엄마로서 도와주고 싶은 마음을 다스린다는 게 결코 쉽지만은 않다. 부모란 결국 아이가 어른이 되어가는 과정을 지켜보며 자기 안에서도 또 다른 성숙을 배워야 하는 존재가 아닌가 싶다.

아이의 성장은 부모의 성숙을 거울처럼 비춘다. 서로의 미숙함을 탓하기보다, 함께 배우는 존재임을 기억하자. 완벽한 부모도, 완벽한 아이도 없으니까. 다만 서로를 향한 믿음이 있다면, 그 길 위에서 우리는 조금씩 어른이 되어갈 것이다. 오늘도 그 믿음 하나로 충분하다.

어른이 된다는 건, 결코 나이의 문제가 아니라, 넘어지고 다시 일어서며 자기 몸에 맞는 옷을 천천히 찾아가는 일이다.

이만큼 했으면 괜찮은 부모 아닙니까

여전히 쌓이는
집안일

집안일은 끝이 없다. 무너져도 다시 쌓이고, 지워도 또 나타나는 모래 언덕 같다. 그 끝없는 언덕을 오르내리며 '엄마'라는 존재의 무게와 깊이를 뼛속 깊이 깨닫곤 한다.

아이들은 성인이 되었지만, 엄마의 자리는 여전히 집안의 중심에 있었다. 아이들이 어렸을 때는 온갖 뒤치다꺼리로 제대로 숨 쉴 틈조차 없었다. 밥하랴, 빨래하랴, 청소하랴, 준비물 챙기랴, 옷 정리하랴…. 하지만 아이들이 대학에 가면 매일 같이 산더미처럼 쌓이던 집안일이 조금은 줄어들 줄 알았다. 적어도 성인이라는 이유로 내 어깨에 짊어진 짐을 조금은 나눠 가질 줄 알았던 것이다. 그러나 현실은 달랐다. 오히려 더 늘어난 것 같았다. 특히 방학이면 그 무게는 배가 되었다.

대학교 방학은 생각보다 길었다. 두 달 넘게 아이들과 같은 공간에서 함께 지내는 일은, 내게 숨이 턱턱 막히는 경험이었다. 고등학교 때는 그래도 아이들이 학교나 학원에 가면 잠깐의 여유가 있었다. 조용히 혼자 커피를 마시며 쉬거나 책 한두 장을 읽을 수 있는 빈틈 같은 시간이 있었다. 그런데 대학생이 되고 나니 오히려 그런 시간이 사라져 버렸다. 부엌은 끊임없이 불이 켜지고 꺼지고, 냉장고는 하루에도 수십 번 열리고 닫히고, 화장실은 샤워기의 물이 수시로 쏟아지면서 내 몸은 그 흐름에 따라 계속 소모되어 갔다.

때때로 이런 장면들이 반복되기도 한다. 밥상을 치우고 난 뒤, 잠깐 좀 쉬려고 하면 한 아이가 방에서 나와 이렇게 말한다. "엄마, 뭐 좀 먹을 거 없어요?" 간단히 간식을 내어주고, 다시 좀 쉬려고 하면 또 다른 아이가 "엄마, 저 콜라 좀 주세요."라고 말한다. 게다가 어떨 때는 남편까지 가세하기도 한다. 그때마다 나는 한숨을 길게 내쉬며, 푸념 섞인 한마디를 내뱉는다. "제발 나 좀 쉬자고~" 그렇게 아이들의 필요를 채워주고 나면 정작 나의 쉼은 그냥 먼지처럼 사라져 버린다.

엄마의 역할은 늘 그대로다. 늘어나면 늘어났지 결코 줄어들지 않는다. 아니, 더 정확히 말하면 놓을 수 없는 역할이다. 밥을 하고, 설거지

   이만큼 했으면 괜찮은 부모 아닙니까

를 하고, 빨래를 하고, 청소를 하고, 분리수거를 하고, 강아지를 챙기고, 음식물 쓰레기를 버리는 일까지, 크고 작은 잡일이 만들어내는 순환은 결코 끝나지 않는다. 그렇게 하루를 보내다 보면, 문득 이런 생각이 고개를 든다. '이러다가 내 인생은 그냥 끝나는 건가…' 왠지 허탈하고 씁쓸한 마음에 가슴이 답답해지고, 외로움이 밀려든다.

그렇다고 살림을 놓을 수는 없다. 왜냐하면 나는 엄마이기 때문이다. 내가 밥을 놓으면, 가족들은 결국 인스턴트나 배달 음식으로 끼니를 때우거나 대충 사 먹을 것이고, 설거지를 놓으면 싱크대 위에 그릇이 산처럼 쌓이고, 결국 파리가 날아들 것이다. 그리고 빨래를 놓으면 옷들이 죄다 지저분해질 것이고, 분리수거를 하지 않으면 집이 온통 쓰레기 더미로 변할 것이다. 또한 음식물 쓰레기를 치우지 않으면 집안 구석구석에 악취가 스며들면서 구더기들의 천지가 될 것이다.

사실, 엄마인 나는 외출하고 집에 돌아오면 금방 알 수 있다. 지금도 그 이유를 잘 모르겠지만, 깔끔했던 집안이 금세 어수선해지는 데는 그리 오랜 시간이 걸리지 않았다. 바닥에는 머리카락과 먼지가 어지럽게 흩어져 있고, 발바닥은 끈적거린다. 그리고 강아지의 자유로운 배변 활동으로 인해 거실 바닥이 한강을 이룬 날도 있고, 식탁은 김칫국물과 기름 자국이 눌어붙어 있어 행주로 몇 번을 닦아야 겨우 깨끗해진다. 게다가 아이들의 옷가지와 책, 가방은 제자리를 찾지 못한 채 이곳저곳 나뒹굴고 있다. 매번 그런 풍경들 앞에서 깊은 한숨을 내쉬곤 하지만, 이내 당연하다는 듯 원상태로 복귀시켜 놓는다.

지금 생각해 보면, 집이 금세 어수선해지는 이유는 아이들이 내가 없는 틈을 타서 마구 어질러 놓는 게 아니라, 그때 그때마다 나의 손길이 머물기 때문에 늘 항상 깨끗함을 유지할 수 있었던 것이다.

살림은 보상이 없는 노동이다. 누군가 알아주지 않아도, 반드시 해야 하는 숙명 같은 것. 그것은 엄마로서 살아가야 하는 나의 영원한 운명 같기도 하다. 아이들은 내가 치워 놓은 공간에서 자유롭고 편안하게 살아간다. 어떻게 보면, 그 자유의 대가를, 엄마인 내가 묵묵히 감당하고 있는 셈이다. 그래서 늘 나의 미래보다 집안일을 먼저 생각하게 된다. 눈앞에 쌓인 일을 마주할 때, 선택의 여지가 없는 것이다. 치우지 않으면 집안은 곧장 무질서와 불편으로 가득 차고, 가족들은 그 불편을 결국 또 내게 돌려보낼 것이기 때문이다. 결국 집안일은 내가 놓을 수 없는 운명 같은 과업으로 남는다.

엄마의 자리는 가족을 위한 희생의 자리라는 생각이 든다. 그리고 그 희생은 단순한 습관이 아닌, 무거운 책임감에서 비롯된 게 아닌가 싶다. 물론 아빠의 역할도 있겠지만, 살림의 영역에서만큼은 결국 내 어깨로 몰려오는 경우가 더 많았다. 결론적으로 집안일은 하루에도 끝없이 솟아나는, 결코 다 정복할 수 없는 집안의 산처럼 느껴진다. 그리고 그 산은 내가 엄마로 있는 한, 절대 비켜나가지 않을, 거대한 무게라는 것을 인정할 수밖에 없다.

      이만큼 했으면 괜찮은 부모 아닙니까

"책임이 무겁다고 불평하지 말라. 그것은 네가 아직 누군가의 삶을 지탱하고 있다는 증거다." 이 말의 무게는 무겁다. 솔직히 해도 해도 끝이 없는 집안 살림 앞에서 한없이 지쳐가는 나를 발견하기도 한다. 하지만 가정을 지키기 위해서는 엄마라는 자리를 굳건히 지킬 수밖에 없다. 그렇지 않으면 한순간에 와르르 무너질 테니까. 또 이 문장은 그 무거움을 덜 수 있는 해답을 제시한다. **"삶이란 반복되는 노동의 연속이다. 그것을 받아들이는 자만이 고통 속에서도 자유로울 수 있다."** 크고 작은 잡일이 만들어내는 순환은 결코 끝나지 않는다. 다만, 그것을 엄마의 운명으로 받아들임으로써 비로소 마음의 자유를 찾을 수 있었다.

살림의 무게는 무겁다. 그러나 그 무게를 짊어진 채 살아가는 나 역시 그 안에서 단련되고, 단단해짐을 느낀다. 아마도 가족들은 매일 허물어지는 산을 다시 세우는 과정 속에서 엄마라는 존재가 작고, 지친 존재처럼 보일지도 모르겠다. 하지만 한편으로는 그런 엄마의 희생이 가족의 삶을 지탱하는 거대한 뿌리가 되고 있음을 알고 있지 않을까. 살림은 매일 쏟아져 나오는 집안의 산이다. 아무리 치워도, 아무리 오르고 내려도 사라지지 않는 산. 나는 엄마로서 그 산을 끝없이 오르내리며 오늘도 살아가고 있다.

이 문장 앞에서 집안일은 끝없이 솟아나는 집안의 산처럼 느껴진다. 그리고 그 산은 내가 엄마로 있는 한, 비켜나가지 않을, 무게라는 것을 이제는 인정하게 된다.

숨 쉴 틈이
없는 지갑

말을 건네는 생각

"부모란 자신의 삶을 소모하며 타인의 삶을 지탱하는 자들이다." (니체)
"인생의 고통은 외부에서 오는 것이 아니라, 우리가 감당해야 하는 책임에서 비롯된다." (쇼펜하우어)

돈은 단순히 종이가 아니다. 아이들의 꿈을 위해 쓰이는 순간, 그것은 부모의 피와 땀으로 번역된다. 그러나 그 무게가 쌓일수록 내 지갑은 숨을 고를 틈조차 없다.

아이들이 성인이 되면 부모의 경제적 짐이 줄어들 거라 생각했다. 아이들이 고등학교 시절, 학교 등록금, 학원비, 교재비 등으로 줄줄 새어 나가던 돈줄이 멈추고, 이제는 나에게도 투자하면서 좀 더 여유롭게 삶을 꾸려갈 수 있으리라 믿었던 것이다. 그러나 그것은 나만의 착각이었을 뿐, 현실은 전혀 그런 방향으로 흘러가지 않았다.

아마도 우리나라 학부모라면 누구나 공감할 것이다. 사교육비가 천문학적이라는 사실을…. 그렇다고 내 아이만 사교육을 안 시키자니 뒤처질 것 같은 불안감이 엄습해 오기도 한다. 물론 나 같은 경우, 아들에게 있어서 만큼은 사교육비가 많이 들지 않았다. 왜냐하면 그 당시 공부를 안 했으니까. 지금 생각해 보면 줄줄 새어나가던 돈줄을 조금은 막아줄 수 있었기에 고마운 생각마저 든다. 막상 아이들이 대학생이 되고 나니 그 비용은 사교육비 못지않게, 아니 오히려 더 치밀하게 부모의 숨통을 조여왔다.

등록금 고지서만 해도 그 존재감이 무겁다. 1년에 두 번, 그것도 대학생이 둘이니까 곱하기 2. 마치 정기적으로 날아드는 폭탄처럼 내 통장을 강타한다. 게다가 매달 고정적으로 나가야 하는 용돈은 기본이고, 용돈으로 감당할 수 없는 추가 지출이 끊임없이 흘러나간다. 누군가 이런 얘기를 한 게 기억난다. "한 달 월급이 통장을 그냥 스쳐 지나간다."라는 말. 그만큼 아이들을 키우는 부모라면 누구나 다 공감할 수 있는 얘기가 아닐까 싶다.

헤어, 옷, 화장품, 신발, 휴대폰 요금…. 이 모든 것들이 생활의 기본 항목이 되어버린 시대 속에서 아이들은 선택의 문제가 아니라, 필수의 문제로 그것들을 요구한다. 아들이 입시를 마치고 대학 생활을 앞두기 전, 약 3개월 넘게 공백 기간이 있었다. 그때는 아직 대학생이 아니었기에 고등학생 때 주던 용돈을 그대로 주었고, 당연히 한 달 버티기로는 터부니없다는 것을 알고 있었다. 그래서 카드, 소위 엄카(엄마카드)를 빌려준 적이 있었는데, 지금 생각해도 머리카락이 쭈뼛쭈뼛 서는 경험이었다.

그 시기, 매번 내 핸드폰으로 날아오는 결제 내역을 보면서 때론 화도 나고, 때론 이해하면서 스스로 도를 닦던 기억이 난다. 자동차 연습 비용, 헤어 비용, 술값 등등. 앞으로 닥칠 등록금과 기숙사비, 용돈 등을 감안한다면 결국 허리띠를 졸라매야 한다는 결론밖에 없었다. 생활비를 줄여서라도 가능한 한 아이들의 요구를 들어주는 게 가정의 평화를 유지할 수 있는 길이기에 도를 넘지 않는 선에서 좋게 좋게 해결하려고 노력해 왔다. 물론 우리 부부는 배고팠다.

요즘 물가는 왜 이리도 하늘을 찌를 듯 높은지…. 얼마 전, 아들이 머리 염색을 하고 왔다. 갈색으로 물들이는데, 150,000원이 들었다고 했다. 까마득한 그 옛날, 그렇다고 1900년대까지는 아니고, 아이들이 아직 어렸을 당시 동네 헤어샵으로 염색을 하러 간 적이 있었다. 그때 당시만 해도 염색 비용이 30,000원이었다. 그리고 이후에는 어쩌다 한 번, 마트에서 파는 7,000원짜리 염색약을 사서 셀프로 하다가 지금은 귀찮아서 아예 안 한다. 그런데 아들은 당연하다는 듯, 전문가의 손길을 원하고 있다.

'요즘 아이들은 참 호사스러운 삶을 누리고 있구나.'

왠지 쓸쓸하면서도 결국 지갑을 열 수밖에 없는 부모의 마음은 매몰차게 거절할 수도 없고, 그렇다고 흔쾌히 내줄 수도 없는 그 애매한 경계에서 늘 방황을 한다.

큰딸의 경우는 더하다. 교환학생을 위해 스페인으로 떠나겠다고 했을 때, 심장이 철렁 내려앉았다. 고개를 끄덕이며 "좋은 기회니까 다녀와."라고 말했지만, 그 순간 내 머릿속 계산기는 무섭게 돌아가고 있었다. 왕복 항공료, 여행 준비물, 6개월 기숙사비, 6개월 생활비, 그리고 그 나라의 비싼 물가까지 감안한다고 했을 때, 어림잡아 수천만 원이 훌쩍 드는 일이었으니까.

아이의 꿈 앞에서, 부모는 늘 지갑을 열어야만 한다. 그렇지 않으면 아이는 좌절하고, 그 좌절은 고스란히 부모의 가슴을 찌르기 때문이다. 그래서 결국 또 내 지갑은 무거운 숨을 몰아쉬며 열리곤 한다. 어쩌면 돈은 단순한 수단이 아닐지도 모른다. 돈은 아이들의 미래를 사는 통행권이자, 부모의 책임을 증명하는 도장 같은 게 아닐까 싶다. 그러나 그 도장이 찍힐 때마다 내 지갑은 더 얇아지고, 내 마음은 더 쪼그라들곤 한다.

그렇게 남편과 나는 늘 허리띠를 졸라매며 살아간다. 우리의 옷장에는 몇 년째, 아니 몇십 년째 입어 온 낡은 옷들이 걸려 있고, 우리 부부의 식탁은 단출할 때가 많다. 그럼에도 불구하고 아이들의 삶은 그리 부족함이 없다. 그래서일까. 때때로 서글퍼질 때가 있다. '내 삶의 노동은

     이만큼 했으면 괜찮은 부모 아닙니까

언제쯤 나 자신을 위해 쓰일까.', '나를 위한 투자는 언제쯤 사치처럼 느껴지지 않을까.' 아이들을 위한 투자라면 아무리 큰돈이라도 주저 없이 쓰면서, 나를 위한 투자는 망설여지는 이 모순된 마음. 그게 바로 부모의 삶이 아닐까 싶다.

"부모란 자신의 삶을 소모하며 타인의 삶을 지탱하는 자들이다." 이 문장을 곱씹어보면, 참 위대하다. 부모의 피땀으로 일궈낸 소득이 아이들의 과거, 현재, 미래를 위해 가치 있게 쓰이는 것만큼 의미 있는 일이 또 어디 있겠는가. 하지만 다음 문장을 보면 그 뒤에 숨은 무게가 보인다. **"인생의 고통은 외부에서 오는 것이 아니라, 우리가 감당해야 하는 책임에서 비롯된다."** 사실, 부모의 어깨는 너무 무겁다. 숨만 쉬어도 돈이 빠져나가는 시대에 한 가정을 책임진다는 것, 그것은 결코 아무나 할 수 있는 일이 아니다.

아이들은 성인이 되었고, 비록 어른처럼 보이지만 그 이면에는 여전히 부모의 지갑이라는 보이지 않는 호흡기가 연결되어 있다. 지갑이 숨쉴 틈이 없다는 건, 어쩌면 부모의 심장이 아이들의 삶을 대신 뛰고 있다는 뜻일지도 모르겠다. 나는 오늘도 얇아진 지갑을 조심스레 닫으며 기약 없는 희망을 품어본다. 언젠가는 내 지갑이 아니라, 아이들 스스로의 지갑이 제 삶을 책임져줄 수 있으리라고.

돈은 종이가 아니다. 아이의 꿈 앞에서 쓰일 때, 그것은 부모의 시간과 몸으로 번역된다. 그래서 내 지갑은 늘 숨이 가쁘다.

말 한마디에
식어버린 저녁상

> "사랑 없는 진리는 잔인하고, 진리 없는 사랑은 공허하다." (니체)
> "우리는 서로를 이해하기 위해 말하는 것이 아니라, 서로를 꺾기 위해 말하는 경우가 많다." (쇼펜하우어)

저녁 밥상은 하루의 피로를 내려놓고, 서로의 안부를 나누는 시간이어야 한다. 하지만 어느 날부턴가 밥상 위엔 밥보다 말이 먼저 올라왔다. 뉴스 한 토막, 정치 한 스푼이 들어가는 순간, 밥상은 순식간에 전장으로 변했다. 누구의 편이냐는 질문이 서로를 적으로 만들고, 서로의 말이 아닌, 신념만이 오가는 밥상은 점점 식어갔다.

가족들이 그나마 한자리에 모여 앉는 때는 저녁 시간대다. 그래서 난 최대한 정성을 기울인다. 보슬보슬 밥을 짓고, 따뜻한 국이나 찌개를 끓이고, 김치, 마른반찬을 정갈하게 올려놓은 식탁 위에서 가족의 대화는 서서히 무르익는다. 그런데 어느 날부턴가 밥상머리의 국은 김이 나기 전에 식어버렸고, 밥은 밥그릇에 김칫국물과 함께 눌어붙어버렸으며, 김치는 젓가락이 가지도 못한 채 그 자리에서 말라버리곤 했다. 이유는 간단했다. 정치 한 스푼이 밥상 위에 올려지는 순간, 따뜻해야 할 식탁은 전쟁터로 변하기 때문이다.

남편은 특정 정당의 행태를 참을 수 없다며 목소리를 높였다. 이어 큰딸은 곧바로 맞섰다. 아이는 정당의 색깔은 중요치 않았다. 오직 여성 인권을 존중하는지, 그렇지 않은지에 대한 분별의 기준이 우선이었으니까. 한쪽은 특정 집단의 잘못을 끊임없이 비판하고, 다른 한쪽은 현실 속에서 존중받지 못하는 여성들의 목소리를 대변하느라 목청을 높였다. 이 같은 논쟁은 언제나 서로 다른 방향을 향했고, 결국 대화는 격돌이 되었다.

"봐라, 이 정권 들어서 경제가 다 무너졌어. 서민들 허리띠 졸라매는 건 당연한 거고, 외교도 말아먹어서 우리나라를 우습게 보는 나라가 한둘이 아니잖아."

남편의 그 말에 큰딸은 숟가락을 내려놓으며 단호하게 맞받아쳤다. "아빠, 그 얘기만 하면 뭐가 달라져요? 지금 당장 우리 여자들이 겪는 건 경제지표가 아니라, 현실적인 두려움이라고요. 여자라는 이유로 밤

       이만큼 했으면 괜찮은 부모 아닙니까

길을 혼자 걸을 때마다 뒤를 돌아봐야 하고, 데이트 폭력, 데이트 살인 같은 뉴스도 끊이질 않고…. 그게 진짜 삶을 옥죄는 문제라고요. 저는 무서워서 이 나라에서 못 살겠어요.”

그러나 남편은 딸의 말을 받아들이기보다는 다시 정치 비판 쪽으로 되돌아가기 일쑤였다. “그건 다 정치가 제대로 안 해서 그런 거라고. 나라 꼴이 이 모양이니 사회도 이렇게 흘러가는 거지. 모 정당이 계속 이런 식으로 하니까….”라고 남편이 다시 맞받아치자, 딸의 목소리가 떨리기 시작했다. “저는 여성으로 살아가는 게 얼마나 불안한지 말하는 거예요. 그런데 아빠는 제 두려움은 듣지도 않고, 그 정당 얘기만 하잖아요. 도대체 딸인 저한테 관심이 있긴 한 거예요? 저는 너무 두렵다고요. 그런데 아빠는 끝까지 정당 얘기만 하니까 너무 답답하고 화가 나요.”

식탁의 공기는 금세 무겁게 가라앉았다. 아들은 중간에 숟가락을 내려놓고 방으로 들어가 버리고, 남편과 딸은 흥분한 채로 자리에서 일어나 방문을 쾅 닫아버리곤 했다. 그 순간 남는 건, 반쯤 먹다 남은 밥과 식지 않은 분노뿐…. 그 자리에 남아 식은 밥을 꾸역꾸역 먹는 사람은 결국 나 혼자였다. 밥 한번 차리기까지 얼마나 많은 수고를 해야 하는지, 그 정성은 전혀 남지 않고, 오히려 공허한 한숨과 냉랭한 공기만이 집안을 맴돌고 있었다.

그때마다 생각에 잠겼다. ‘정치가 도대체 무엇이길래 가족들 사이를 이토록 갈라놓을 수 있을까.’ 남편과 딸의 말을 자세히 들어보면 틀린 말이 하나도 없다. 하지만 두 갈래의 의견이 밥상 위에 오르는 순간, 가정은 무너지고 관계는 심한 상처를 입는다. 정치라는 거대한 공적 영역이, 가정이라는 사적인 울타리마저 차갑게 얼어붙도록 만든 셈이다. 참 답답했다. 아니, 가정보다 정치가 더 중요한 것 같아 분노가 차올랐다.

"그놈의 정치, 정치, 정치…. 제발 좀 가정 정치나 잘했으면 좋겠어."

이후로 난 규칙을 세웠다. '식탁에서는 정치 발언 금지, 어기면 벌금 5만 원.' 가족들은 웃음으로 동의했지만, 사실 그 웃음 뒤에는 이미 너무 많은 감정 소모전을 치렀다는 체념이 깔려 있었다. 물론 지금은 서로 조심하는 분위기다. 하지만 규칙을 세우고도 몇 차례 더 전쟁을 치르곤 했다. 사실, 나도 밥상머리 정치 싸움에 하도 많이 지쳐서인지 남편이 슬쩍 정치 얘기를 꺼낼 기미만 보여도 단호한 눈빛으로 막아선다.

정치에 대해 말할 권리와 자유는 분명 중요하다. 하지만 집안의 식탁은 정치토론장이 아니다. 이곳 식탁 위에서는 사랑과 위로, 그리고 오늘 하루를 버텨낸 작은 기쁨들이 오르내려야 한다. 정치의 불씨를 밥상 위에 올리는 순간, 따뜻해야 할 국물은 식고, 밥은 목구멍을 막는다. 그리고 가장 중요한 가족 간의 관계가 깨진다는 사실이다. 가정은 사회의 축소판일 수는 있지만, 정치의 전쟁터가 되어서는 안 된다. 어떻게 보면 편안한 가정도 지혜로운 작은 정치를 통해서 유지된다고 볼 수 있다.

　　　　　　　　　　이만큼 했으면 괜찮은 부모 아닙니까

"사랑 없는 진리는 잔인하고, 진리 없는 사랑은 공허하다." 이 말처럼 남편의 진리는 사랑이 없어서 잔인했고, 딸의 사랑은 진리를 잃어 공허했다. 결국 남은 것은 식지 않은 반찬이 아니라, 식어버린 마음뿐이었다. 그래서 결심했던 것이다. '식탁에서 정치 발언 금지. 어기면 벌금 오만 원'이라고. 또 이런 문장도 있다. **"우리는 서로를 이해하기 위해 말하는 것이 아니라, 서로를 꺾기 위해 말하는 경우가 많다."** 적어도 가족끼리의 대화만큼은 꺾기 위한 무기가 되어서는 안 된다. 정치적 견해보다 더 소중한 건, 오늘도 함께 밥을 먹는 사랑하는 가족들이기 때문이다.

이제는 알 것 같다. 가족을 지키는 힘은 옳고 그름을 따지는 말이 아니라, 서로의 생각이 다를 수 있음을 인정하는 온도에서 비롯된다는 것을. 지금도 가끔 정치 이야기가 식탁 위에 올라오면 나는 단호하게 말한다. "이제, 그만!" 그리고 침묵한다. 말보다 표정이, 논쟁보다 침묵이 가족을 더 따뜻하게 지킨다는 걸 알기 때문이다. 식어버린 저녁상을 다시 데우는 건 결국 같은 방향을 보려는 마음이지 이긴 쪽의 논리가 아니었다. 우리의 밥상에 필요한 건 논쟁의 불꽃이 아니라, 함께 공감할 수 있는 따뜻한 삶의 얘기들이다.

> 이 문장 앞에서 **가족을 지키는 힘은 옳고 그름을 따지는 말이 아니라, 서로의 생각이 다를 수 있음을 인정하는 온도에서 비롯된다.**

딸의 세상,
엄마의 한숨

말을 건네는 생각

"무거운 것을 사랑하라. 그것이 곧 인간을 위대하게 만든다." (니체)
"타인의 고통을 공감하는 일은 인간의 가장 큰 덕목이지만, 그 고통은 결국 나의
  고통이 된다." (쇼펜하우어)

누군가의 분노를 끝까지 들어준다는 것은, 결국 사랑하는 마음에서 비롯되지만, 그 사랑은 때때로 한 사람의 영혼을 갉아먹는다.

큰딸은 가족 중에서도 유난히 나와 가장 가깝다. 아니, 정확히 말하면 나를 가장 많이 필요로 했다고 하는 편이 맞을 것이다. 힘든 일이 생기면, 고민이 생기면, 마음속 불만이 가득 차오르면 결국 딸이 달려오는 곳은 언제나 나였다. 때론 그 믿음이 고맙기도 했지만, 내 어깨에는 또 하나의 짐이 얹히는 것 같은 느낌이었다. 그렇게 엄마라는 자리는 가족들을 포용해야 하는 커다란 그릇이다. 하지만 그 그릇도 너무 많은 것들

　　　　　　　　이만큼 했으면 괜찮은 부모 아닙니까

로 차 있으면 결국 밖으로 튕겨 나올 수밖에 없는 것이다.

하루의 살림은 이미 내 기력을 바닥나게 했다. 밥을 짓고, 설거지를 하고, 청소를 하고, 빨래를 하고, 분리수거를 하고 또다시 밥을 차리는 일상은 끝이 없는 노가다 같았다. 그런데 그 틈 사이로 딸이 눈물을 머금은 채 내 곁에 앉아 말을 꺼내면 나는 다시 귀를 열어야 했다. 딸의 세계는 요즘 사회 현실과 맞닿아 있어서인지 분노와 좌절로 가득했고, 그 모든 감정을 받아내는 건 온전히 내 몫이었다.

"엄마, 이 나라에서는 여자로 산다는 게 너무 무서워요. 뉴스를 보세요. 데이트 폭력에다 살인사건까지, 매일 같이 여자들이 죽어 나가잖아요. 그런데 사람들은 왜 그렇게 둔감한 거예요? 전 정말 무섭다고요."

딸은 처음엔 조용히 말을 꺼내는가 싶다가도 이내 목소리가 높아지고, 금세 울먹이곤 했다. 사실, 요즘 내가 봐도 사회 문제가 심각하긴 하다. 매일 같이 쏟아져 나오는 뉴스, 기사들만 보더라도 여성들이 남성들에 의해 폭력, 성폭행을 당한다거나 심지어는 살해를 당하는 경우도 허다하다. 솔직히 딸을 키우는 엄마로서 이런 기사들을 접할 때마다 화도 나고, 분노가 치솟기도 한다. 왜 여자라는 이유만으로 당하고 살아야 하는지…. 나는 또다시 내 젊은 시절에 여성으로서 받은 차별과 결혼 후 며느리로서 받은 상처를 떠올리게 된다. 그리고 그 근본적인 뿌리까지

거슬러 올라간다.

"엄마, 이 나라에서 여자로 살아가는 게 너무 숨 막혀요. 법적인 부분에 있어서도 그렇게 많은 남성 살인자는 다 어디로 가고, 왜 여성 살인자만 내 머릿속에 각인이 되어 있냐고요. 그렇다고 여성 살인자를 두둔하는 것은 아니지만, 아무리 생각해도 수많은 여자들이 죽어 나가는데, 가해를 한 남성들의 얼굴은 몇몇 안 된다는 거예요. 남녀 살인자 얼굴 공개 형평성에 분명 문제가 있다고 생각해요. 전 언젠가는 외국으로 나갈 거예요. 여기선 절대로 안전할 수 없으니까."

나는 그 말 앞에서 입을 다물 수밖에 없었다. 충분히 공감은 되지만, 엄마로서 해줄 수 있는 게 아무 것도 없었기 때문이다. 물론 위로가 담긴 말들을 건네긴 했다. "엄마 때는 더 했어. 지금은 범죄들이 투명하게 드러나지만, 그 당시엔 다 가려져 있었어. 엄마도 결혼 전, 밤에 길을 걷는데, 어떤 남자가 뒤에서 확 덮치더라. 순간, 얼마나 놀랐는지 걸음아 날 살려라 하고 막 뛰어서 도망간 적이 있었어. 세상은 그래도 천천히 변하고 있어. 아직은 부족하지만, 앞으로 너희 세대가 서서히 바꿔나가면 되잖아." 하지만 이러한 말들은 딸의 분노와 불안을 잠재우기에는 너무도 가볍게 흩어져 버리곤 했다.

게다가 딸의 문제의식은 사회를 넘어 우리 가정으로까지 번져왔다.

                    이만큼 했으면 괜찮은 부모 아닙니까

“엄마, 아빠는 왜 살림을 안 해요? 왜 엄마 혼자 밥하고, 치우고, 빨래 다 해야 해요? 아직도 집안일을 여자 혼자 다 감당해야 해요?” 그럴 때마다 나는 대답 대신 깊은 한숨만 내쉴 뿐이었다. 맞는 말이라는 걸 알기에 반박조차 할 수 없었다. 하지만 나를 향한 딸의 정의로운 화살은 결국 아빠를 향한 불만으로 이어졌다. 딸의 시선 속에서 아빠는 가부장적 세상의 축소판이었고, 나는 그 옆에서 마치 방패처럼 서 있어야 했다.

사실, 딸은 아빠의 뒷모습을 보지 못한다. 우리 가정이 지금까지 별 문제 없이 유지되는 이유에는 분명 아빠의 무거운 경제적 책임이 뒤따르고 있었는데도 말이다. 단지 가정에서는 손을 잠시 놓고 있을 뿐, 가끔 주말에 아빠표 라면도 끓여주고, 또 장도 봐주는 남편이 난 고맙기도 하다. 하지만 아이에게 아무리 설명을 해줘도 이해하지 못하는 부분이 있다. 언젠가는 아빠의 입장도 어느 정도 이해할 수 있으리라 생각한다.

딸의 분노가 터져 나올 때마다 나는 동시에 두 개의 고통을 떠안았다. 하나는 여성으로서 딸의 현실적인 두려움과 불안에 대한 연민이었고, 다른 하나는 그 감정을 끝없이 들어주는 사람으로서의 소진감이었다. 딸은 비록 성인이 되었지만, 아직 세상 경험을 충분히 하지 못했고, 또 서로의 입장에 대한 이해보다는 한쪽 입장만 보게 되는 좁은 시야 때문인지 늘 마음의 여유가 없었다. 그래서 여전히 기댈 곳이 필요했을 테고, 그 자리는 늘 엄마인 나를 향할 수밖에 없었던 것이다.

"무거운 것을 사랑하라. 그것이 곧 인간을 위대하게 만든다." 이 말대로라면 딸의 모든 울분과 눈물을 감당하는 엄마의 역할이 나를 위대하게 만들었어야 했다. 그러나 현실은 위대함과는 거리가 멀었다. 내 속은 이미 텅 비어 있어 더는 무언가를 들어줄 수 없는 빈방 같았다. 또 어느 철학자는 이런 얘기를 했다. **"타인의 고통을 공감하는 일은 인간의 가장 큰 덕목이지만, 그 고통은 결국 나의 고통이 된다."** 맞는 말이었다. 딸의 세상이 어느새 내 세상이 되어버린 때가 있었다. 딸의 두려움, 딸의 분노, 딸의 좌절이 고스란히 내 가슴에 내려앉아 밤마다 깊은 한숨을 내쉬곤 했다.

나 자신에게 물었다. '딸의 세상을 대신 들어주는 이 역할, 언제까지 해야 할까? 딸이 자라 성인이 된 지금도 나는 여전히 아이의 감정을 받아내는 엄마여야만 할까?' 답은 쉽게 나오지 않았다. 다만, 분명한 건 엄마의 어깨에 놓인 짐은 단지 살림과 생계만이 아니라는 사실이었다. 아이의 분노와 슬픔까지 담아내는 거대한 그릇이 되는 일, 그것 또한 엄마 몫이라는 걸 깨달았다. 그리고 그 그릇이 너무 무거워져 내 몸과 마음이 휘청거릴 때면 또다시 한숨을 내쉬곤 한다. 딸의 세상은 아직 어둡고, 내 한숨은 그 어둠을 지워주지 못한 채 공기 속에 그냥 흩어져만 간다.

그렇게 한없이 소진되어 가던 나의 마음…. 그래서 한동안 딸이 내 앞에 다가오는 것조차 숨이 막힐 때가 있었다. 그때 나의 감정을 솔직히 다 털어놓았고, 어느 순간, 아이도 엄마인 내가 자신으로 인해 고통스러

 이만큼 했으면 괜찮은 부모 아닙니까

워하는 모습을 보면서 조심스럽게 얘기를 꺼내려고 노력한다. 사실, 지금은 딸하고의 관계가 편하다. 서로 힘들지만, 그 힘듦을 상대방에게 일방적으로 다 쏟아내지 않고, 스스로 조율해서 편안한 대화가 될 수 있도록 노력하는 모습이 보이니까.

엄마의 어깨에 놓인 짐은 단지 살림과 생계만이 아니라, 아이의 분노와 슬픔까지 담아내야 하는 커다란 그릇이 놓여 있었다. 그것 또한 엄마의 몫이었다.

싸우지 않았는데
가장 아픈 사람

한 지붕 아래, 서로의 목소리를 잃은 두 아이가 있다. 그 사이에서 나
는 매일 다리가 되어 서 있다. 가족이라는 이유만으로 그 침묵은 더 깊
게 스미는 듯하다. 말 한마디면 풀릴 것 같은데…. 그 한마디가 상처가
될까 싶어 두려운 날들이 이어진다.

가정 안의 침묵은 생각보다 차갑다. 같은 공간에 있어도 서로 다른 온
도를 품은 공기가 흐르고, 그 속에서 나는 두 사람의 마음을 번역하듯
하루를 보낸다. 누구의 편도 들 수 없고, 그렇다고 모른 척할 수도 없다.
큰소리 대신 한숨으로, 대화 대신 눈빛으로 버티는 날들이 길어질수록

이만큼 했으면 괜찮은 부모 아닙니까

엄마로서의 무력감은 한계에 다다르곤 한다. 지금도 난 두 아이의 온도를 재며 다시 서로를 바라보게 될 날을 기다리고 있다.

큰딸과 아들이 등을 돌린 지 꽤 됐다. 어떤 거대한 사건이 있었던 것도 아닌 것 같은데, 언제부턴가 둘 사이에는 차가운 공기가 흘렀다. 같은 지붕 아래서 살아도 서로를 향한 말과 몸짓이 단절된 채, 겨울밤처럼 깊은 침묵만이 흐를 뿐이다. 엄마인 내 눈에는 사소한 오해가 발단이 된 것 같았지만, 자식들 사이의 감정이라는 게 그렇게 단순하지 않다는 걸 절실히 깨닫게 된다. 지금도 궁금하다. 그 둘 사이의 감정의 골이 어디서부터 시작되었는지….

그 폭발의 시발점은 아들의 입시 때였다. 평소에는 서로 말도 않고 지내던 누나가 그날만큼은 동생에게 누나로서의 역할을 하고 싶었던 모양이었다. 현금 7만 원과 함께 정성스레 쓴 편지를 메시지로 전달한 것이다. 나는 그 메시지를 직접 보진 않았지만, 서로 말도 안 하고 지내던 그 시기, 얼마나 민망하고 어색했을지는 대충 감으로 알 수 있었다. 그래도 동생을 향한 누나의 애틋함이 어느 정도는 담겨 있지 않았을까 싶다.

그런데 아들은 그 선물을 받고도 아무런 반응을 보이지 않았다. 평소에 말수가 워낙 적은 데다가 표현마저 서툰 아이라 그저 마음속으로만 고마워했는지 겉으로는 무표정이었다. "고맙다."라는 단 한마디면 충분했을 텐데, 그 한마디가 끝내 나오지 않았다. 큰딸은 서운함을 많이 느꼈겠지만 딱히 내색하지는 않았다. 그래도 자신은 용기를 내어 마음을 전달했는데, 돌아온 건 차갑게 닫힌 벽뿐이었으니 큰딸 입장에서는 배신감마저 들었을지도 모르겠다.

시간이 흐를수록 그 응어리는 풀리지 않았고, 오히려 더 단단히 굳어져 갔다. 딸은 동생을 향해 날카로운 말들을 뱉어내기 시작했고, 아들은 그래도 누나이기에 그 날카로운 말들을 맞받아치거나 받아낼 수 없었을 것이다. 그러다 결국 그 둘 사이에 폭발 대신 침묵이 자리 잡았다. 싸움조차 하지 않는 침묵은 더 무겁고 냉랭했다. 멀리 있는 사람과의 관계는 물론이고, 가까이에 있는 형제간의 관계조차 쉽지 않았다. 그래도 어렸을 때는 둘이 의지하며 잘 놀기도 하고, 큰딸은 동생을 잘 챙겨주기도 했는데, 지금의 상황을 생각하니 참 씁쓸했다.

엄마인 내 입장은 그 둘 사이에 끼인 얇은 다리 같았다. 다리가 무너져 내리지 않도록 버티려면 끝없이 조율하고 중재해야 했다. 서로 직접 말을 걸지 않으니 모든 말이 나를 거쳐야 했다. 마치 집안의 '교통경찰'처럼 서로의 의사 전달을 관리하는 역할이 엄마인 내 몫이었다, 그러나 문제는 그 역할이 단순히 말만 전달하는 것이 아니었다는 것이다. 어느 쪽 말은 조금 완화해야 했고, 어느 쪽 마음은 살짝 달래야 했다. 사실, 중립을 지키려 애썼지만, 그 기준 자체도 모호해지는 경우가 많았다. '나 없으면 도대체 이 집은 어떻게 굴러갈까?' 하는 억울함과 피로가 쌓여갔다.

어느 날은 작은 사건이 큰 파장을 불러일으키기도 했다. 아들이 샤워를 마치고 수건으로 몸을 닦고 나오는 순간, 내가 타이밍을 놓쳐버린 것

 이만큼 했으면 괜찮은 부모 아닙니까

이다. 평소 같았으면 큰딸에게 "지금 동생 씻고 나오니까 조심해라."라고 알려줬을 텐데, 그때는 무슨 일로 정신이 팔렸었는지 그만 깜박하고 말았다. 그렇게 집안의 교통경찰이었던 나는 업무 태만으로 결국 대형 사고를 막지 못했다.

방에서 막 뛰쳐나온 딸과 아들이 거실 화장실 입구에서 딱 마주쳤다. 그 순간, 공기는 얼어붙었고, 딸은 놀란 듯 황급히 방으로 들어가 버렸다. 아들은 그 자리에 얼어붙은 채 수치심과 분노가 뒤섞인 눈빛으로 나를 바라보았다. "누나는 마치 보디가드처럼 그렇게 챙기면서 나는 사람도 아니에요?" 아들의 그 한마디는 내 가슴을 깊게 파고들었다. 엄마로서의 무력감과 죄책감이 파도처럼 몰려왔다. 정말이지 엄마라는 역할을 완전히 내려놓고 싶은 심정이었다.

요즘도 가끔 서글퍼질 때가 많다. 어쩌다 보니 내 인생은 중재와 조율로만 가득 차 있는 것일까 하는 마음에서다. 하지만 또 한편으로는 언젠가는 두 아이가 서로에게 말을 건네는 날이 오지 않을까 하는 믿음과 함께 그때까지는 내가 이 두 침묵 사이를 조심히, 그리고 지혜롭게 걸어야 겠다는 생각이 들곤 한다. 그것이 비록 고단하고 번거로워도, 그 길 위에서 나는 여전히 그들의 엄마이기에.

"사이의 공간, 그 공백이야말로 인간관계의 진짜 무게다." 이 말은 나를 두렵게 한다. 큰딸과 아들 사이의 공간이 어느 정도인지 엄마로서 가

늠이 안 되기 때문이다. 그 공백이 더 벌어지기 전에 그들의 삶에 있어서 정말 중요한 게 무엇인지 깨달았으면 한다. 또 그런 나의 입장을 대변하기라도 하듯 어느 철학자는 이렇게 말했다. **"인간은 서로의 고통을 결코 온전히 이해할 수 없다. 다만, 그 고통의 그림자 곁을 걸을 뿐이다."** 아무리 자식이지만 엄마로서 그들의 고통을 이해하기란 쉽지 않다. 그냥 곁에서 조용히 지켜봐 주고, 더 큰 상처를 입지 않도록 하는 게 엄마인 내가 할 일이 아닌가 싶다.

자식들은 계속 자라고 있다. 하지만 그들의 상처와 서운함은 저마다의 속도로만 아물어 간다. 엄마가 옆에서 아무리 애를 써도 대신 껴안을 수 없는 고통이 있는 것이다. 난, 그저 두 아이 사이의 침묵을 건너는 다리로 서 있을 뿐이다. 부디 그 다리가 무너지지 않도록 무언의 말들을 내 마음속에서 부드럽게 번역해 내며 버티는 일, 그것이 바로 엄마인 내 숙명이 아닌가 싶다. 그리고 언젠가는 둘 사이에도 다리 없이 닿을 수 있는 날이 올 수 있기를 간절히 기원해 본다.

형제 사이가 멀어지는 일은 생각보다 흔하지만, 막상 그 안에 서 있으면 마음이 참 아프다. 가족이란 결국 피보다 마음으로 이어져야 하는데, 그 마음이 닿지 않을 때 우리는 서로 다른 섬이 되어버린다. 그래도 포기하지 않기를, 너무 멀리 가지 않기를 바란다. 가끔은 한쪽에서 내민 작은 손길 하나가 관계를 다시 잇기도 한다. 가정이란 바로 그 작은 손길 하나만으로도 다시 따뜻해질 수 있는 곳이니까.

  이만큼 했으면 괜찮은 부모 아닙니까

나는 두 아이 사이의 침묵을 건너는 하나의 다리로 서 있을 뿐이다. 그 다리가 무너지지 않도록 말이 되지 못한 마음들을 내 안에서 조용히 번역하며 버티는 일, 그것이 엄마인 나의 숙명처럼 느껴진다.

언제든
불려가는 사람

"사람은 자기 자신이 되어야만 한다. 그렇지 않으면 누구도 대신 살아줄 수 없다."
 (니체)

"인간의 삶은 끊임없이 요구당하는 고통과 그것을 잠시 달래는 휴식 사이를 오
 갈 뿐이다." (쇼펜하우어)

삶의 호출 버튼은 언제나 '엄마'라는 존재와 연결되어 있다. 나는 그 소리에 늘 응답하면서 동시에 나를 잃어버리기도 한다. 그러나 언젠가 그 호출이 사라지는 날, 나는 또 다른 공허 앞에 서 있을지도 모르겠다.

어느 날 문득 깨달았다. 나는 늘 호출 대기 중이었다는 사실을. 아이들이 "엄마" 하고 부를 때마다 난 언제나 대기 상태였다. 그래서 응답도 빨랐다. 물론 곧바로 응답하기 힘든 상황일 때는 메시지로 대신하기도 했다. 그렇게 하루에도 수십 번씩 울리는 호출음에 거의 대부분 응답

　이만큼 했으면 괜찮은 부모 아닙니까

을 해왔고, 그로 인해 아이들은 '불안'이라는 어두운 그림자에 갇히지 않았다. 결국 아이들의 호출은 엄마에 대한 절대적 믿음이었고, 그 호출에 대한 응답은 아이들을 향한 사랑과 책임이었다.

아이들이 어릴 적에는 그랬다. 잠에서 깨어나자마자 입을 떼는 첫 마디가 "엄마"였고, 넘어져 무릎이 까져도, 친구와 싸워 울음을 터뜨려도, 배가 고파도, 외로워도, 슬퍼도, 화장실 불을 켜달라는 사소한 부탁에도 "엄마"라는 호칭이 따라붙었다. 심지어는 아이들이 화장실을 갈 때조차도 "엄마, 나 화장실 가도 돼요?"라고 물어본 적이 있었다. 참으로 웃픈 이야기가 아닐 수 없다. 만약 엄마가 "안 돼."라고 말하면 그냥 옷에다가 실례를 할 생각인지….

나는 언제나 아이들의 호출에 성실히 응답했다. 아이들이 부르면 언제든 달려가는 사람이 엄마라고 배웠고, 또 내 마음도 그랬다. 하지만 시간이 지나 아이들이 성인이 된 지금도 상황은 크게 달라지지 않았다. 몸은 다 자랐지만, 호출은 여전히 '엄마'라는 단어로만 울려 퍼진다. "엄마, 배고파요.", "엄마, 나 데리러 오면 안 돼요?", "엄마, 나 돈 좀 필요한데….", "엄마, 나 등 좀 긁어주세요." 솔직히 이제는 좀 부탁이 아닌, 나를 향한 안부나 필요를 묻는 호칭으로서의 '엄마'를 듣고 싶다. 예를 들어 "엄마, 뭐 먹고 싶은 것 없어요?", "엄마, 몸은 좀 어때요?", "엄마, 사랑해요."라는 식으로 말이다.

가족과 함께 음식점으로 외식하러 갈 때면 나는 호출기를 잘 누르지 않는다. 만약 모든 손님이 자신이 필요한 것들을 요구하기 위해 버튼을 눌러댄다면 아마도 종업원은 쉴 틈 없이 뛰어다녀야 할 것이다. 나는 그들이 잠시 숨을 고를 수 있기를 바라는 마음으로 웬만하면 직접 가서 부탁하거나 근처로 왔을 때 얘기하는 편이다. 그런데 곰곰이 생각해 보면, 내 가족 안에서의 나도 바로 그 호출기나 다름이 없었다.

"엄마, 양말 어디 있어요?"
"엄마, 나 몇 시에 좀 깨워줘요."
"엄마, 나 이 옷 좀 빨아줘요. 내일 입고 가야 하거든요."

호출의 음성은 늘 다급하고, 그때마다 내 일상은 잠시 멈춰버린다. 내 호흡은 그들의 필요에 맞춰 끊기고 이어지기를 반복한다. 그렇게 작은 호출이 계속해서 모이게 되면 하루가 금세 파김치가 되곤 한다. 사실, 아이들은 각자 나에게 호출을 하지만, 정작 난 아이들 한 사람 한 사람의 호출에 응답해야 하고, 더불어 남편의 호출까지 받아야 한다. 그래서 남편은 아이들의 호출이 도를 넘어설 경우, 어느 순간 자신의 목소리를 지워버린다. 왜냐하면 '엄마'라는 호출기의 무게를 알고 있기 때문이다.

물론 예외도 있다. 아이들이 즐겁고, 여유로울 때는 오히려 엄마를 찾지 않는다. 편안하고 행복한 순간에 불리지 않는다는 사실이 어쩌면 가장 큰 아이러니일지도 모르겠다. '엄마'라는 호출은 대부분 힘들고 어려운 순

   이만큼 했으면 괜찮은 부모 아닙니까

간, 무언가 고장 나고 무너질 때 찾아오는 것 같다. "엄마, 나 술 먹고 계단에서 미끄러졌는데 다리가 좀 이상해요.", "엄마, 나 코뼈가 부러진 것 같아요." 그 순간마다 가슴이 철렁 내려앉는다. '엄마'라는 호출이 때로는 구조 요청, 때로는 경고음처럼 울리기 때문이다. 그렇게 긴급 호출이 연이어 울려댈 때면 내 삶의 중심이 또다시 뒤흔들리는 것을 느낀다.

아이들의 호출은 결국 무조건적인 사랑일지도 모른다. 그들이 나를 찾는 건 나를 필요로 하기 때문이고, 그 필요 속에서 나는 여전히 엄마라는 자리를 확인할 수 있기 때문이다. 하지만 한편으로는 많이 지친다. 내 몸이, 내 시간이, 내 이름이 온전히 나를 위한 것이 되지 못하는 삶. 호출의 연속 속에서 점점 '나'라는 존재와 멀어지곤 한다. 어떤 날은 그 피로가 한계점을 넘어 남편에게 향하기도 한다. 아이들의 호출에 답하느라 쌓이고 눌린 짜증이 남편의 말 한마디에 폭발하니까 말이다. 그래도 아이들로부터 호출이 오면 즉각 반응하는 게 엄마의 마음이 아닐까 싶다.

"엄마 좀 제발 그만 불러."

가끔 이런 상상을 하기도 한다. 어느 고요한 밤, 아이들은 이미 독립을 했고, 홀로 조용히 앉아 있는데, 그 어디에서도 "엄마"라는 소리가 들려오지 않는다. 그 허전하고, 외로운 마음을 잘 견뎌낼 수 있을까. 지금은 "엄마, 양말 어디 있어요?"라는 질문이 귀찮고, "엄마, 나 배고픈데 뭐 먹을 거 없어요?"라는 말에 짜증이 나지만, 사실 그 말들이 내 일상의 맥박이었음을 언젠가는 깨닫게 되는 날이 오지 않을까 싶다.

"사람은 자기 자신이 되어야만 한다. 그렇지 않으면 누구도 대신 살아 줄 수 없다." 이 말은 참 많은 생각을 하게 만든다. 나답게 산다는 것, 솔직히 엄마로서 쉽지 않지만, 호출에 응답하는 삶 속에서도 언젠가는 나 자신을 위한 이름으로 불리고 싶다. 또 어느 철학자는 이런 말을 했다. **"인간의 삶은 끊임없이 요구당하는 고통과 그것을 잠시 달래는 휴식 사이를 오갈 뿐이다."** 이 말을 떠올리며 잠시 생각에 잠긴다. '엄마'라는 이름은 곧 호출이고, 호출은 곧 요구이다. 하지만 그 요구를 온전히 감당할 수 있는 사람도, 기꺼이 응답하는 사람도 결국은 엄마밖에 없다는 사실이다.

요즘은 그 호출이 점점 줄고 있다. 이제 아이들은 스스로 일어나고, 스스로 물건을 챙기고, 스스로 세상을 향해 나아간다. 이제는 내가 먼저 묻지 않으면 하루가 조용히 지나가기도 한다. 그 적막이 처음엔 낯설었지만, 지금은 그 속에서 나를 다시 찾고 있다. 아이들의 호출로 살아왔던 시간은 헛되지 않았다. 그만큼 아이들은 '엄마'라는 존재를 통해 자신의 삶을 온전히 살아낼 수 있었고, 나 역시 그 믿음으로 다시 나를 부를 수 있을 테니까.

    이만큼 했으면 괜찮은 부모 아닙니까

 '엄마'라는 이름은 언제든 불려갈 수 있다는 뜻이다. 그 호출이 요구가 되는 순간에도 끝내 응답할 수 있는 사람, 그리고 응답해 버리는 사람은 결국 엄마뿐이다.

말끝에 남는
칼날

"말은 칼보다 깊게 파고든다. 그러나 그 칼끝을 거두어들이는 것도 인간의 힘이다."
(니체)

"자주 참는 것은 자주 상처를 주는 것보다 백 배 이롭다. 칼날은 결국 자신을 베
기 때문이다." (쇼펜하우어)

마음의 상처는 낯선 이가 아니라, 가장 가까운 이의 말끝에서 생긴다.
사랑한다는 이유로 우리는 종종 경계를 늦추고, 그 무방비한 틈으로 말
의 칼날이 스며든다. 무심히 던진 한마디가 상대의 하루를 무너뜨리고,
그 말은 시간이 지나도 기억 속에서 다시 되살아난다. 말은 흩어져도,
그 날카로움은 오래 남아 우리의 마음을 천천히 저민다.

집은 본래 편안하고, 따뜻한 곳이어야 한다. 집 밖의 세상은 차갑고,
사람들은 서로를 평가하고, 재단하며, 우위를 점하려 든다. 돈, 학벌, 직

 이만큼 했으면 괜찮은 부모 아닙니까

장, 외모, 능력…. 끝없는 서열화 속에서 아이들이 견뎌야 할 무게를 나는 알고 있다. 그래서 엄마의 마음으로 집만큼은 그 모든 날카로움이 무뎌지는 공간이 되도록 노력한다. 집은 에너지를 채우는 곳, 편안히 눕고 숨을 고를 수 있는 안전지대여야 하기 때문이다. 누군가 그랬다.

"저희 가족은 현관문을 열고 들어오는 순간, '휴우!' 하고 한숨을 내쉬더라고요."

그러나 아이러니하게도 그런 집에서조차 날카로움이 생겨난다. 바로 말끝에서 말이다. 나는 완벽한 존재가 아니다. 아무리 따뜻하고, 포근한 엄마가 되고 싶어도 하루를 다 쏟아내며 가정을 돌보다 보면 어느 순간 지쳐버리곤 한다. 체력이 바닥나고, 마음에 여유가 사라지면 작은 요구조차도 칼끝처럼 받아들여진다. 그 순간, 나도 모르게 말끝에 날이 서버리는 경우가 많다. 그리고 뒤돌아 서서 자책을 하기도 한다.

예전에 이런 일이 있었다. 둘째 아들이 수건을 자주 쓰는 버릇이 있다. 깨끗한 걸 워낙 좋아해 하루에도 몇 번씩 수건을 갈아 달라고 한다. 평소 같았으면 대수롭지 않게 해줄 수도 있었을 것이다. 하지만 집안일이 산처럼 쌓여 나를 짓누르고 있던 어느 날, 아들이 "엄마, 수건 좀 갈아줘요."라고 말했을 때, 왠지 메이드가 된 기분이었다. 끝도 없는 빨래, 수건, 걸레, 옷들…. 존재한다는 이유만으로 누구의 뒤치다꺼리를 하며 평생을 살아야 하는 내 자신이 너무도 서글펐다. 그 순간, 내 입에서 튀어나온 말은 칼날처럼 예리했다. "내가 너의 메이드냐? 너 뒤치다꺼리하려고 태어났어?"

그 말을 들은 아들이 갑자기 얼굴이 굳더니 "수건 하나 주는 게 뭐 그렇게 대단한 일이라고…." 하며 문을 쾅 닫고 들어가 버렸다. 집안의 공기는 어느새 싸늘해졌다. 칼날은 서로를 찌른다. 내가 휘두른 날이 결국 내 마음에도 상처를 냈고, 아들에게도 상처를 줬으며, 서로의 관계에 있어서도 균열을 내고 말았다. 수건 한 장, 그냥 기분 좋게 전해줬으면 좋았을 것을 왜 말끝에 날을 세워 이 지경까지 오게 했는지 내 자신이 초라하게 느껴졌다. 그 순간을 지혜롭게 넘겼더라면….

딸과의 경우도 크게 다르지 않았다. 매번 벼락치기가 잘 맞는다고 말하던 딸은 항상 시험 기간에 닥쳐서 공부를 하곤 했다. 그날도 어김없이 늦게까지 공부하던 딸은 결국 잠을 몇 시간 못 자고 피곤에 절은 채 학교에 다녀왔다. 그리고 돌아온 얼굴에는 짜증이 가득 묻어 있었다. 나는 이미 살림에 지쳐 있었고, 그 순간 딸의 짜증을 품어내는 넉넉함은 내안에 남아 있지 않았다. 대신 날 선 말이 입에서 튀어나왔다. "그래서 내가 뭐라고 했어. 어제 빨리 자라고 했잖아. 결국 이럴 줄 알았다니까."

내 말은 충고가 아니었다. 그렇다고 사랑의 조언도 아니었다. 그야말로 날이 선 칼날처럼 딸의 자존심을 무참히 베어내고 만 것이다. 그리고 곧바로 알아차렸다. 말끝의 칼날이 상대방만 찌른 것이 아니라, 나 스스

    이만큼 했으면 괜찮은 부모 아닙니까

로도 베어냈다는 것을. 그날 이후로 딸과 나 사이는 미세한 균열이 생겼고, 그 균열을 메우는 데는 어느 정도의 시간이 필요했다. '엄마'라는 존재에 대해서 참 많은 생각을 하게 된다. 매일 같이 살림에 치이고, 아이들의 뒤치다꺼리에 치이다 보면 어느 순간 '나'라는 존재는 사라져 버린다. 바로 그 순간, 말끝에서 날이 서는 경우가 많았다.

가정은 서로가 쉴 곳이 되어야 한다. 하지만 현실은 그렇지 못했다. 나는 '엄마'라는 이유만으로 모든 것을 감당하는 사람이 되어 있었고, 그 당연함의 무게가 결국 내 말끝을 날카롭게 만들었던 것이다. 엄마의 피로와 억눌린 감정이 가장 먼저 표출되는 곳, 그것이 바로 말이었다. 아마도 아이들은 잘 모를 것이다. 왜 엄마의 말투가 매번 저런 식인지…. 하지만 그 이면에는 가정을 위해서, 가족을 위해서 최선을 다하는 엄마의 노력이 숨어 있다.

사실 따지고 보면, 과도한 집안일이, 감당할 수 없는 짐이, 결국 내 마음을 삭막하게 만들었다고 생각한다. 물론 누군가는 핑계라고 생각할 수도 있겠다. 하지만 끝없이 이어지는 노동 속에서 '엄마'라는 사람은 인간이 아니라, 기능이 되어 버리곤 한다. 그리고 그 기능은 지칠수록 날카로워지고, 결국 말끝에 칼날이 박힐 수밖에 없는 것이다. 그렇다면, 과연 그러한 기능을 대신 해줄 수 있는 가족이 있을까? 혹은 함께 나눌 수 있는 가족이라도. 결국 말끝을 무디게 만들 수 있는 것도 엄마 자신밖에 없다.

그래서 집안일을 줄이는 연습을 하고 있다. 수건을 덜 빨아도, 밥상을 간소화해도, 집안이 조금 더러워도 괜찮다고 스스로에게 말한다. 나를 조금 덜 소모시킴으로써 말도 부드러워질 수 있을 테니까. 그리고 아이들 역시 엄마한테만 매달리지 않고, 스스로 할 수 있는 힘을 길러야 할 것이다. 사실, 말끝의 칼날은 사랑이 많은 관계에서만 생겨난다. 낯선 이와의 대화라면 굳이 날을 세울 일이 뭐가 있겠는가. 가장 가까운 사이일수록 무의식적으로 칼을 꺼내 들게 되는 것이다. 그만큼 서로가 절실하기에.

"말은 칼보다 깊게 파고든다. 그러나 그 칼끝을 거두어들이는 것도 인간의 힘이다." 이 문장의 의미를 곱씹어보면, 결국 말의 무게다. 우리 옛말에도 '말 한마디로 천 냥 빚을 갚는다'라는 말이 있듯이 말끝의 칼날은 결국 가정의 평화를 깨뜨린다. 우리 가정만 보더라도 모든 싸움의 근원이 다 말투 때문이었다. 또한 말의 중요성을 강조한 이런 문장도 있다. **"자주 참는 것은 자주 상처를 주는 것보다 백 배 이롭다. 칼날은 결국 자신을 베기 때문이다."** 사실, 나의 날 선 말투로 인해 결국 나 자신을 벤 적이 꽤 많았다. 그때 조금만 더 참았더라면 서로에게 가해지는 상처도 좀 덜했을 텐데….

집만큼은 세상의 칼날을 벗어날 수 있는 곳이 되어야 한다. 그 출발은 결국 나에게 달려 있다. 내 피로를 덜어내고, 내 말의 결을 매만지며, 내

    이만큼 했으면 괜찮은 부모 아닙니까

.가정을 칼이 아니라 품으로 건네는 연습. 가정은 싸움터가 아니라, 쉼터가 되어야 하기에 나는 오늘도 그 칼날을 내려놓는 법을 조금씩 배워나가고 있다.

말끝에 남는 칼날은 사랑이 깊은 관계에서만 생겨난다. 낯선 이에게는 꺼내 들 필요가 없는 말들이 가장 가까운 사이에서는 무의식적으로 날을 세운다. 그만큼 서로가 절실하기에.

기약 없는
기다림의 자리

"쓰러지는 법을 배운 자만이 일어서는 법을 배운다." (니체)
"타인의 경험으로는 아무것도 배우지 못한다. 우리는 모두 자기 발걸음으로 돌
  부리에 걸려야 한다." (쇼펜하우어)

누군가 대신 걸어줄 수 없는 길. 돌부리에 걸려야 비로소 알게 되는
발걸음의 무게 뒤에서 '엄마'의 자리는 기다림이다.

엄마의 마음은 늘 똑같다. 사랑하는 내 아이들의 앞길에 상처가 될 만
한 돌부리 하나라도 치워주고 싶다. 조금이라도 덜 아프게, 조금이라도
덜 넘어지게…. 그래서 내가 먼저 걸어온 인생길에서 깨달은 것들을 애
써 얘기해 주려고 하지만, 아이들은 그저 잔소리로만 생각하고, 무시해
버리곤 한다. 엄마 입장에서 볼 때는 너무도 간절한 부분이지만, 아이들
귀에는 그저 바람 소리처럼 흘러가는 듯하다.

   이만큼 했으면 괜찮은 부모 아닙니까

사실, 부모 눈에는 보인다. 결과가 뻔히 예상되는 선택들, 돌아가지 않아도 되는 길을 기어이 돌아가려는 발걸음…. 어른의 연륜과 경험으로 비추어 봤을 때, 보다 더 효율적이고, 더 안전한 길이 있는데, 아이들은 기어이 자기 방식대로 가겠다고 한다. 그리고 예상대로 결국 돌부리에 걸려 넘어지고 만다. 넘어지지 않게 하려고 그토록 얘기하고 또 얘기했건만 아이는 결국 넘어져야만 비로소 그 돌부리의 존재를 깨닫는다.

그때 부모의 마음은, 뭐랄까…. 미운 감정과 안타까운 감정이 동시에 일어난다. 그리고 인생은 결국 대신 배워 줄 수 없다는 것을 깨닫기도 한다.

나는 유행을 잘 따르지 않는다. 남들과 똑같은 옷, 똑같은 헤어스타일, 똑같은 가방…. 결국 유행이 지나면 다 버려질 것들을 알고 있기 때문이다. 어떻게 보면, 가치 있게 번 돈을 허투루 쓰는, 의미 없는 소비라고 생각하기에 틈날 때마다 아이들에게 이렇게 얘기하곤 한다. "유행은 결국 사라져. 단순한 디자인이 최고다. 그런 옷들은 시간이 지나도 질리지 않고, 오래도록 입을 수 있거든. 그리고 지금이야 그 돈이 부모 지갑에서 나가지만, 네가 독립하면 그 모든 게 결국 너의 짐이 될 거야."라고.

"너는 무슨 바지가 그러냐? 어떻게 허리가 엉덩이에 걸쳐져 있어?"

우리 집은 수시로 택배가 온다. 대부분 큰딸과 아들의 옷이다. 그런데 그중 아들의 바지를 보면 '피식'하고 헛웃음이 나온다. 바지 길이는 땅에 질질 끌릴 정도로 긴 데다가 허리 부분이 엉덩이에 걸쳐지는 펑퍼짐한 디자인이다. 엄마인 내가 보기에는 아들이 다리도 길고 예쁜데, 굳이 핏이 예쁘지도 않은 유행 옷으로, 타고난 몸매를 망가뜨리는 이유가 무엇인지 속이 터진다. 물론 아이가 입을 옷이니까 스스로의 취향에 맡겨야 하겠지만, 계속 유행을 따라가다 보면 언젠가는 집안이 온통 옷 천지가 되지 않을까 하는 걱정도 된다.

그러나 아들은 내 말에 전혀 흔들림이 없다. 지금은 유행 패션의 즐거움, 소비의 즐거움이 더 달콤할 뿐, 그 즐거움의 대가가 나중에 어떤 무게로 돌아올지, 아직은 체감하지 못한다.

나는 화장을 안 한다. 그냥 기본 로션만 바르고, 외출할 때는 눈썹만 살짝 그리고 나간다. 눈썹만큼은 이유가 있다. 거의 모나리자 눈썹 수준이라서…. 물론 결혼 전에는 늘 화장을 하고 다녔고, 진한 화장으로 인해 또 다른 얼굴을 입히기도 했다. 즉, 화장 전과 후가 극명하게 차이가 난다는 뜻이다. 그러다 보니 당연히 시간도 많이 소요되고, 어떨 때는 화장을 안 하고 나가면 왠지 발가벗은 느낌마저 들곤 했다. 게다가 학교나 직장을 가기 전, 시간과 정성을 들여 화장을 하다 보니 맘에 안 들 경우, 그날 하루 기분까지 좌우되기도 했다. 그야말로 강박이었다.

그래서 큰딸에게 늘 얘기를 한다. "화장에 너무 애쓰지 말라."고. 아

　　　　　　　　　　　이만큼 했으면 괜찮은 부모 아닙니까

이는 학교 가기 전, 화장대 앞에 서서 한참 동안 화장을 한다. 엄마인 내가 보기에는 그냥 살짝만 해도 예쁜데, 굳이 시간과 정성을 들여 풀메이크업을 하다 보니 가끔 힘들 것 같다는 생각도 든다. 솔직히 개인적으로 화장 안 한 순수한 얼굴이 그렇게 예뻐 보일 수가 없다. 그래서 화장 시간을 좀 줄이고, 그 시간에 마음을 가다듬으며 좀 더 여유 있게 학교에 갔으면 좋겠는데, 늘 급하게 서둘러 나가는 것을 보면 왠지 불안하고, 지쳐 보일 때가 있다.

"지금 ○시인데, 너 안 늦겠어?"

그러나 딸도 역시 내 말에 전혀 흔들림이 없다. 지금은 화장하는 즐거움, 보다 예뻐지는 즐거움이 더 달콤할 뿐, 그 즐거움의 대가가 나중에 어떤 무게로 돌아올지, 아직은 체감하지 못한다.

부모의 조언은 인생의 나침반과도 같다. 그러나 아이들은 굳이 나침반을 외면한 채 길을 헤맨다. 결국에는 넘어지고, 다치고, 상처를 입는다. 그 과정을 지켜보는 부모의 마음은 안타깝고 때로는 화가 나기도 한다. "내가 뭐라고 했어. 그러니까 내 말 들으라니까." 이 말이 목구멍까지 치밀어 오르지만, 이제는 안다. 그런 말들이 아이를 일으켜 세우지 못한다는 것을. 아이들은 결국 스스로의 상처에서 배운다. 넘어져야만 돌부리를 알게 되는 것이다.

　그래서 부모의 역할은 결국 기약 없는 기다림일지도 모르겠다. 아이의 잘못된 선택을 끝까지 막아주는 것이 아니라, 그 선택의 결과까지 함께 견뎌내는 일. 책임을 묻는 대신, 다시 일어나도록 다독여 주는 일. 넘어져 울고 있는 아이에게 손을 내밀어 "내가 뭐랬어?"라고 말하는 대신, "괜찮아, 누구나 넘어져. 이제 다시 걸어보자."라고 말할 수 있는 힘. 그것이 부모의 무게이자 동시에 부모의 사랑인 듯싶다.

　부모는 누구나 아이의 앞길에서 돌부리를 치워주고 싶어 한다. 하지만 결국 모든 돌부리를 치워줄 수는 없다. 아이가 직접 넘어져야만 알게 되는 것이 있고, 그 넘어짐을 통해서만 단단해지는 것이 있다. 나는 이러한 삶의 이치들을 살아가면서 하나둘씩 깨우친다. 부모란 돌부리를 치워주는 사람이 아니라, 돌부리에 걸려 넘어졌을 때 곁에 서 있는 사람이다. 아이가 다시 일어날 때까지 조용히 지켜보면서 손을 내밀어 함께 걸어주는 사람이 바로 부모인 것이다.

　"쓰러지는 법을 배운 자만이 일어서는 법을 배운다." 이 말처럼 나 역시 수없이 넘어지고, 깨닫고, 다시 일어나는 것의 반복을 통해서 지금의 내가 탄생 된 게 아닐까 싶다. 비록 완전한 '나'가 아니지만, 그 여정은 내 삶에 있어서 충분한 가치가 있다고 생각한다. 또 이런 말도 있다. **"타인의 경험으로는 아무것도 배우지 못한다. 우리는 모두 자기 발걸음으로 돌부리에 걸려야 한다."** 그래서 나는 가능한 한 아이들에게 잔소리

　이만큼 했으면 괜찮은 부모 아닙니까

를 하지 않으려고 한다. 비록 그 여정에 있어서 답답하고, 화가 나더라도 난 엄마니까 그들의 삶의 가치에 우선순위를 두고자 하는 것이다.

부모의 사랑은 예언이 아니라, 인내의 미학이다. 결코 돌부리는 사라지지 않는다. 다만, 아이는 넘어지고, 배우고, 일어나면서 조금씩 다른 발걸음을 내딛지 않을까 싶다. 나는 그 옆에서 말의 온도와 기다림의 길이를 조절하는 사람이다. 그렇게 우리는 함께 자란다. 넘어져야 알게 되는 돌부리를 기다림으로, 의미로, 사랑으로 바꾸는 법을….

이 문장 앞에서 **부모의 사랑은 예언이 아니라, 인내의 미학이다. 돌부리는 사라지지 않는다. 다만, 아이는 넘어지고, 배우고, 일어나며 조금씩 다른 발걸음을 익혀갈 뿐이다.**

Chapter 04

함께 걷되,
나를 잃지 않는 길

모든 책임을 다한 뒤에야

비로소 나를 돌아볼 수 있는 시간이 옵니다.

이 장은 새로운 시작을 말하기보다,

이미 충분히 살아낸 사람에게

조금 늦게 허락된 삶의 방향에 대해 이야기합니다.

함께 살되, 서로의
공간을 지켜주는 법

말을 건네는 생각

"사람 사이의 적절한 거리를 아는 자만이 진정으로 가까워질 수 있다." (니체)
"추위를 막기 위해 가까이 가지만 너무 다가서면 서로의 가시에 찔린다." (쇼펜하
  우어)

함께 산다는 건 단순히 집의 지붕을 나누는 것이 아니다. 서로의 문을
두드릴 줄 아는 예의, 경계를 존중할 줄 아는 마음에서 출발한다.

부모와 성인 자녀가 한집에서 산다는 건, 어쩌면 새로운 차원의 동거
를 의미하는지도 모른다. 아이가 어릴 때는 온 집이 아이의 세상이었고,
엄마의 영역은 곧 아이의 영역과 다르지 않았다. 딱히 노크 없이도 아이
의 방에 들어가 이것저것 지시했고, 관여했고, 어떤 때는 두런두런 이야
기하면서 함께 자기도 했다. 그런데 성인이 된 아이들은 이제 하나의 독
립된 세계를 가졌다. 같은 지붕 아래 살지만, 각자 나름의 작은 우주를

안고 있는 셈이다.

그래서 공존의 열쇠는 언제나 '공간'에서 시작된다. 부모가 아이들 방 앞에서 잠시 멈춰 노크를 하거나, 들어간다는 신호를 먼저 하고 들어가는 것도, 그들의 세계를 존중하기 위한 작은 의식이 아닐까 싶다. 사실, 문을 두드리는 그 짧은 순간은, '나는 네 삶에 무단으로 들어가지 않겠다.'는 선언이자, 존중의 표시라고 할 수 있다. 하지만 편한 가족이다 보니 어느 순간 예의를 잊어버릴 때도 있다. 요즘도 의식하지 않으면, 아이들 방을 무단으로 침입하는 침입자가 되어버리곤 한다. 그건 아이들도 마찬가지다.

예전에 남편이 아들 방에 노크도 없이 들어갔다가 크게 언성을 높인 적이 있었다. 아들은 몹시 화를 내며 아빠를 밀쳐내듯 방문을 닫아버렸고, 남편은 "아빠가 아들 방에도 못 들어가냐?"라며 몹시 서운해했다. 하지만 그 장면을 지켜본 나는 알 수 있었다. 아이에게 있어서 방이란 단순한 네 변과 문이 아니라, 자신을 지키는 최소한의 경계였다는 사실을. 부모가 보기엔 집 안의 한 칸일 뿐이지만, 아이에게는 자신을 보호해 주는 소중한 안식처였던 것이다.

그런데 이 경계의 문제는 비단 아이들만의 이야기가 아니다. 나 또한 엄마이자 아내로서 끊임없이 내 공간을 잃어버리곤 한다. 안방 중앙에 떡 버티고 있는 토론용 탁자에서 글을 쓰고 있으면 가족들이 수시로 드나들어 집중이 흩어진다. 두 아이는 거실 화장실이 아닌 안방 화장실을

      이만큼 했으면 괜찮은 부모 아닙니까

유독 더 편하게 여긴다. 그래서 컴퓨터 앞에 앉아 있는 내 의자 뒤를 지나 화장실을 가곤 하는데, 그때마다 글 쓰던 창을 얼른 내려버린다. 내가 쓰는 글들은 가족 이야기가 많기 때문이다. 정말이지 집중해서 글 쓰는 게 쉽지만은 않다.

이제 이 집에서의 안방은 더 이상 내 방이 아니다. 가족의 덜컥거리는 발자국 소리에 내 사유의 공간은 언제든 침범당할 수 있는 무대가 되어버렸다. 나는 엄마이자 아내로서 가족을 품으면서도 동시에 작가로서의 '나'라는 방을 간절히 찾아 헤매곤 한다. 방은 벽과 문으로만 만들어지지 않는다. 오롯이 나 자신만이 보호받을 수 있는 경계로 만들어질 때, 비로소 나만의 방이 탄생하는 것이다.

게다가 큰딸은 대학에 들어가더니 안방에 있는 화장대를 자신의 화장품으로 가득 채워버렸다. 사실 나는 화장을 잘 안 하기 때문에 화장대 위에 몇 개의 로션과 빗, 헤어스프레이가 전부였다. 그런데 요즘은 딸의 화장품이 하나둘씩 늘어가면서 화장대 위를 거의 다 점령해 버렸다. 한마디로 빈틈을 찾아보기가 힘들 정도다. 수딩 미스트 토너, 어퓨 더퓨어 티트리 토너, 모이스처라이징 크림, 볼륨 쿠션, 컨실러 팔레트, 무드 아이 팔레트, 드라이 샴푸, 로션, 앰플, 립스틱, 아이펜슬, 선크림 등등. 요즘 화장품들은 명칭들도 어렵고, 또 왜 그렇게 세부적이고, 복잡한지….

가끔은 여기가 나만의 공간인지 의심스러울 때가 있다. 내 글쓰기의 공간은 가족의 발자국 소리에 흔들리고, 안방 화장대는 어느새 딸의 온갖 잡동사니 화장품들로 뒤덮여 있다. 엄마라는 이유로 허락된 희생이지만, 한편으로는 나 자신으로 존재할 수 있는 최소한의 방을 빼앗기는 듯한 허전함이 몰려오기도 한다. 거기에 한술 더 떠 안방 화장실 세면대 위에는 아들이 쓰다 남은 화장품, 다 쓴 화장품, 쓰고 있는 화장품들로 가득 차 있어 물청소 한번 하기가 힘들다.

그래서 앞으로는 '합리적 공존의 조건'을 내세워 서로 간의 경계를 바로 세울 생각이다. 그래야만 부모와 성인 자녀가 한 집에서 평화롭게 살 수 있고, 또 아이를 내 연장선으로 여기지 않고, 독립된 인격으로 받아들임으로써 관계도 성숙해질 수 있을 테니까.

합리적 공존의 조건

- 방에 들어가기 전, 작은 노크 하나가 주는 존중의 힘을 믿는다.

- 함께 쓰는 화장대나 화장실도 합의와 규칙을 세워야 비로소 공유의 의미가 산다.

- 서로의 고요한 시간을 존중해야만 그 시간이 쉼과 충전으로 남는다.

앞으로는 아이들 방에 들어갈 때 노크를 반드시 할 생각이다. 그 작은 동작 하나하나가 나를 겸손하게 만들고, 아이들에게는 존중받는다는 안도감을 주지 않을까 싶다. 그리고 아이들 역시 내 방 앞에서 절대적 편안함의 상징인 '엄마'를 잠시 잊고, 존중해 줘야 할 '어른'으로 여겨 잠시 멈추는 법을 배웠으면 하는 바람이다.

"사람 사이의 적절한 거리를 아는 자만이 진정으로 가까워질 수 있다." 이 문장에서도 알 수 있듯이 부모와 자녀의 관계도 마찬가지다. 결국 공존은 멀리 있는 것이 아니다. 문을 두드리는 그 짧은 순간, 우리는 서로의 세계를 인정하며 다시 가까워질 수 있다고 생각한다. 어느 철학자는 인간을 고슴도치에 비유하기도 했다. 추위를 막기 위해 가까이 가지만 너무 다가서면 서로의 가시에 찔린다. 그래서 적당한 거리를 찾아야만 공존이 가능하다. 가족이라는 이유로 무한 접근이 허용되는 것이 아니라, 오히려 가족이기에 더 세심한 거리를 배워야 하지 않을까 싶다.

공존은 어떻게 보면 모순적이다. 거리를 둘수록 가까워지고, 경계를 존중할수록 신뢰가 깊어지니까 말이다. 나는 엄마로서 아이들을 품고 싶지만, 동시에 나 자신으로서의 자유와 독립을 포기할 수 없다. 그래서 앞으로도 서로를 구속하지 않는 합리적 방식의 동거에는 어떤 방법들이 있는지 꾸준히 느끼고, 깨닫고, 실행하고자 한다.

> 이 문장 앞에서 **공존은 모순처럼 보인다. 거리를 둘수록 가까워지고, 경계를 존중할수록 신뢰는 깊어진다.**

서로의 문을 닫는 시간은 거리를 두기 위함이 아니라, 서로를 존중하기 위함이다. 하루 중 짧은 시간이라도 혼자 머무는 공간을 인정하자. 같은 집 안에서도 나의 시간을 선물해 주는 것이 공존의 첫 연습이 된다.

1. 물리적 공간뿐 아니라, 정서적 거리도 인정한다.

2. '닫힌 방문'은 거절이 아니라, 자율의 신호로 받아들인다.

3. 가족이 함께 사용하는 공간엔 공용 규칙을 정하되 간섭하지 않는다.

4. 서로의 생활 패턴을 간섭하지 말고, 그냥 알려주기만 한다.

5. 일상의 대화 중 "오늘은 혼자 있고 싶어"라는 말이 자연스러운 분위기가 되도록 만든다.

6. 가족 간의 메시지(문자, 쪽지)를 통해 말보다 부드럽게 마음을 전한다.

7. '함께 있음'은 대화가 아니라, 존중 속의 침묵으로도 완성될 수 있음을 기억한다.

대화의 온도를
낮추는 연습

대화는 종종 사랑을 전하기 위한 다리가 아니라, 서로를 겨누는 창이 되곤 한다. 목소리가 커질수록 마음은 멀어지고, 이기려는 순간 지는 것임을 깨닫는다. 온도를 낮추는 연습은 단순히 화를 참는 일이 아니다. 서로의 세계를 존중하며 다가갈 수 있는 가장 따뜻한 길이다.

아이들이 어릴 적에는 대화가 참 단순했다. 엄마의 말에는 늘 "예!"라는 대답이 따라붙었고, 때로는 엉뚱한 질문이나 엉성한 대화도 그냥 귀엽게 넘어갈 수 있었다. 엄마가 화를 내거나 소리를 지르면, 아이들은 겁을 먹었고, 엄마가 웃으면 언제 그랬냐는 듯 금세 따라 웃었다. 이처럼 아이들이 어렸을 때는 대화의 온도를 부모가 조절할 수 있었고, 그 안에서 갈등은 짧고 가볍게 지나가곤 했다.

하지만 성인이 된 자녀들과의 대화는 전혀 다르다. 이제 그들은 나와 같은 눈높이에서, 혹은 더 단호한 어조로 말하곤 한다. 서로 간의 대화는 늘 일방적으로 끝나지 않고, 마치 줄다리기처럼 꼬리에 꼬리를 물고 이어진다. 그 과정에서 감정은 과열되기 쉽고, 결국 작은 불씨가 순식간에 큰불로 번져버리는 경우도 생긴다. 그리고 이후에도 어떻게 결론이 지어지는지에 따라 불이 꺼지기도 하고, 아주 작은 불씨가 남아있기도 하고, 때론 아주 큰불로 이어져 서로 간의 관계가 틀어지는 경우도 있다.

우리 집의 경우, 자주 불꽃이 튀는 조합은 남편과 큰딸이다. 둘의 대화에는 따뜻함이나 유머가 거의 없다. 물론 처음엔 조용히 대화로 시작을 한다. 하지만 시간이 지나면서 점점 목소리가 높아지고, 어느 순간 소리를 지르는 수준까지 다다를 때가 있다. 사실, 따지고 보면 그 둘의 대화 속에는 결국 '누가 옳은가'를 증명하려는 것과 '누가 이기는가'를 견주려는 긴장감이 팽팽히 맞서곤 한다. 그리고 더 깊이 들어가 보면, 그 이면에는 그동안 쌓인 보이지 않는 감정들의 충돌도 있을 것이다.

큰딸은 시대가 준 새로운 언어를 가지고 살아간다. 대학에서 페미니즘과 사회문화를 접하면서 여성 인권과 성평등은 그녀의 가장 예민한 촉수이자 신념이 되어버렸다. 그래서인지 딸은 언론에 보도되는 데이트 폭력 기사만 봐도 분노한다. "엄마, 요즘 시대에 데이트를 한다는 게 어

　　　　　　　이만큼 했으면 괜찮은 부모 아닙니까

떤 것인지 아세요? 목숨 걸고 하느니 아예 안 하고 싶어요. 또 결혼에 있어서도 육아와 살림은 결국 여자 몫이 될 수밖에 없잖아요. 엄마, 저는 이 나라에서 여자로 살아가는 게 힘들어요. 희망도 보이지 않고요.” 아이가 이런 생각을 하는 것에 대해서 엄마인 나는 어른으로서 죄책감을 많이 느낀다. 한창 꿈과 희망을 안고 살아가야 할 청춘들에게 남녀 갈라치기, 여혐, 남혐, 심지어는 데이트 살인 등으로 더럽혀진 세상을 안겨 줬기 때문이다. 그저 안타까울 따름이다.

남편과 큰딸의 대화는 늘 살얼음판 같았다. 기사에서 남녀 문제만 나오면 서로의 목소리가 높아진다. 남편은 장남으로 태어나 집안에서 늘 존중받으며 자라서인지 아직도 남성 중심적인 뉘앙스를 무심히 풍기곤 한다. 따라서 딸과 남편의 서로 다른 두 세계가 마주칠 때마다 말은 곧 논쟁이 되고, 논쟁은 곧 싸움이 된다. 사실, 중간 입장에서 그 둘의 싸움을 듣고 있노라면 답답하기 그지없다. 왜냐하면 논쟁 주제 자체가 영원히 해결될 수 없는, 세대 간의 차이이기 때문이다. 그래서 그때마다 “그만, 이제 그만해”라며 단호하게, 아주 냉정하게 대화에 STOP을 건다. 그러한 대화는 아무런 의미도, 가치도 없는, 그야말로 쓸데없는 싸움이고, 결국 서로 간에 감정 소모만 될 테니까 말이다.

나와 아들의 대화에 있어서도 자주 언성이 높아지곤 한다. 주로 돈 문제에서 그렇다. 절약이 몸에 밴 나와 소비를 통해 자유를 느끼려는 아들 사이의 거리는 결코 좁혀지지 않는다. 어느 날인가 같은 이유로 다툼이 이어졌다. 돈을 준 지 얼마 안 됐는데, 또 돈을 달라고 하는 아들에게 "왜 그렇게 돈 씀씀이가 헤프냐?"라고 다그쳤다. 그리고 결국 기분 나쁘게 돈을 챙겨준 적이 있었다. 그날 밤, 곰곰이 생각해 보니 어차피 줄 돈이라면 기분 좋게 주지는 못할망정 굳이 기분 나쁘게 줄 이유가 없겠다는 생각이 들었다.

그래서 그다음부터는 비난이 아닌, 집안 사정과 엄마인 나의 입장을 솔직하게 드러내는 식으로 화법을 바꾸어 보았다. 예를 들어 "지금 경제적으로 많이 힘들어. 너희 둘 다 대학생이니까 등록금, 용돈도 두 배로 들어가고, 거기에 생활비, 각종 공과금, 빚 이자 등 지출되는 돈이 너무 많기 때문에 아끼지 않으면 앞으로 힘들다." 이런 식으로 대화의 온도를 낮추다 보니 아이도 돈을 요구할 때마다 약간의 눈치를 보는 듯했다. 물론 매번 이런 식으로 대화하기가 쉽진 않겠지만, 꾸준한 노력은 필요할 듯싶다. 그것이 성인 자녀와 공존할 수 있는 최선의 방법일 테니까. 그리고 아이들도 경험을 통해 점차 깨닫게 된다. 대화의 온도를 낮출수록 편안하다는 것을.

"말은 칼이 되기도 하고, 다리가 되기도 한다." 이 문장은 곧 말의 무게다. 말끝이 날카로우면 서로의 마음을 찌르지만, 온도를 낮추는 말은 마음과 마음을 잇는 다리가 된다. 그런데 우리는 무슨 이유에서인지 늘 다리가 되기보다 칼을 꺼내 들곤 한다. 어느 철학자는 인간의 대화를 종

 이만큼 했으면 괜찮은 부모 아닙니까

종 '**논쟁술**'로 설명했다. 그는 상대방을 꺾는 데 급급한 말은 결국 진리를 가리지 못한다고 지적했다. 맞는 말이다. 상대방을 비난하는 말은 결국 진리까지 왜곡시킬 수 있는 분노가 숨어있기 때문이다.

가족 간에 있어서 대화의 온도를 낮춘다는 건 결코 쉽지 않은 일이다. 하지만 그것은 우리가 성인 자녀와 함께 살아가며 반드시 배워야 할 기술이자 태도이다. 뜨겁게 달아오른 언성을 잠시 식히고, 서로의 이야기를 존중하는 순간, 비로소 우리는 싸움이 아닌 진짜 성숙한 대화를 시작할 수 있지 않을까 싶다.

가족 간의 대화는 결국 마음의 온도를 맞춰가는 과정일지도 모르겠다. 누구나 한순간 뜨거워질 수 있지만, 그 뒤에 찾아오는 침묵이 더 무거운 상처가 되기도 한다. 오늘 하루, 사랑하는 가족과 나눈 대화를 잠시 떠올려 보자. 그 말들 속에는 서로를 이해하려는 온기가 있었는지 아니면 이기려는 열기였는지…. 대화의 온도를 낮춘다는 건, 마음의 온도를 함께 맞추는 일이다. 그 연습이 우리 관계를 더 오래, 더 따뜻하게 지켜줄 것이다.

> 이 문장 앞에서   **대화의 온도를 낮춘다는 것은 화를 참는 일이 아니라, 서로의 세계를 존중하며 다가가는 방식이다.**

말이 앞서면 마음은 멀어진다. 서로의 말투에 온도를 더하려면 한 번쯤 멈춤이 필요하다. 조용히 듣는 사람의 표정이 관계의 기온을 바꾼다. 무엇을 말하느냐보다, 어떻게 말하느냐를 먼저 떠올려 보자.

1. 말하기 전에 한 박자 숨 고르기를 습관화한다.

2. "맞아, 네 말도 일리가 있네"라는 한 문장이 대화를 적의에서 공감으로 돌린다.

3. 상대의 말이 마음에서 걸리면 바로 반응하지 말고, 시간을 두고 다시 듣는다.

4. 논리보다 감정의 온도를 먼저 살핀다.

5. "왜"보다는 "어떻게"를 묻는다. 추궁이 아닌 탐색의 언어로 바꾼다.

6. 대화 중단도 대화의 일부임을 인정하고 쉬어가는 용기를 갖는다.

7. 서로의 예민한 시간대엔 대화를 미루는 배려도 필요하다.

이만큼 했으면 괜찮은 부모 아닙니까

기대하지 않고,
기댈 수 있는 거리

기대는 곧 사랑의 표현이다. 하지만 그 사랑이 지나치면, 어느새 상대를 옭아매는 끈이 되어버린다. 나는 아이에게 걸었던 수많은 기대를 내려놓으며 비로소 마음의 숨통이 트였다. 그리고 알게 되었다. 기대는 버려야 할 짐이 아니라, 서로가 스스로 설 수 있을 때 비로소 따뜻하게 기댈 수 있는 마음이라는 걸.

부모가 자식에게 기대를 거는 일은 참 자연스러운 일이다. 마치 나무가 햇빛을 향해 가지를 뻗는 것처럼, 어쩌면 본능에 가까울지도 모르겠다. 아이들의 밝은 미래, 더 나은 삶을 위한 바람은 아마도 동서고금을 막론하고 모든 부모의 소망이자 희망이 아닐까 싶다. 그러나 내 아이들을 통해 그 본능이 얼마나 쉽게 아이의 자유를 짓누를 수 있는지, 또 얼마나 잔인한 무게로 변할 수 있는지를 깨달았다.

아직도 잊을 수 없다. 큰딸이 나를 향해 뱉었던 그 말, "엄마가 왜 내 꿈을 좌지우지해." 그리고 한동안 숨을 고를 수 없었다. 지금까지의 모든 희생과 수고가 사랑이라는 이름으로 포장된 간섭이었다는 사실을 깨닫게 해주었으니까. 사실, 어떻게 보면 아이가 스스로의 길을 걸으려 할 때마다 내 마음속에서 떠돌아다니던 불안감이 아이를 자꾸 붙잡으려 했던 게 아니었을까 싶다. 그렇게 아이의 그 말은 엄마인 나로부터 기대를 서서히 떼어내는 첫 가위질이었다.

"내가 알아서 할게요."

처음엔 상실처럼 느껴졌다. 하지만 시간이 흐르면서 그것은 뜻밖의 자유로 변했다. 집착에서 풀려난 가벼움, 기대하지 않음에서 오는 평온. 나는 아이들에게 자유를 주었고, 그 자유가 곧 책임과 짝을 이룬다는 사실을 분명히 일러주었다. 스스로 선택하고, 스스로 감당하는 것. 그게 바로 성장으로 가는 길일 테니까. 다만, 경제적 지원만큼은 아이들이 독립하기 전까지 부모의 몫이라고 생각하기에 가능한 한 지원을 해주려고 노력했다. 대신 그 너머의 삶은 온전히 아이들 몫으로 남겨두었다.

 이만큼 했으면 괜찮은 부모 아닙니까

이렇듯 기대를 내려놓자 놀라운 변화가 찾아오기 시작했다. 그 시작은 딸이 고등학교, 대학교에서의 전공 과목을 스스로 선택했고, 이후 엄마인 나를 데리고 대만으로 자유여행을 떠나기도 했다. 그곳에서도 모든 스케줄을 혼자 다 감당해 내면서 결국 3박 4일의 일정을 모두 마치고, 무사히 집으로 돌아올 수 있었다. 그리고 지금은 스페인 교환학생 준비를 혼자서 척척 해내고 있는 과정인데, 경제적 지원만큼은 부모가 도움을 주기로 했다. 이 모든 과정이 딸의 선택이었고, 또 딸의 발걸음이었다.

이처럼 부모가 한발 물러난 자리에서 아이는 스스로를 일으켜 세웠다. 그런 아이의 모습을 지켜보며 참 많은 생각이 들었다. 부모가 아이에게 기대를 덜수록 아이는 자기 자신에게 더 크게 기댄다는 사실을.

아들의 경우는 또 달랐다. 그의 사춘기는 게임중독이라는 얼굴로 다가왔다. 방 안에 틀어박혀 온종일 모니터 속 세계에 빠져 있는 모습을 볼 때마다 차마 미래에 대한 기대조차 할 수 없었다. 부모의 모든 개입은 반발로 돌아왔고, 어느 순간, 아이에게 간섭할 힘조차 잃고 말았다. 그리고 동시에 내 삶조차도 피폐하게 변해가고 있었다. 그러던 어느 날, 살기 위해서 모든 것을 내려놓았다. 오롯이 나만 바라보기로 했다. 지인들과 만나 외곽으로 드라이브도 가고, 맛있는 것도 먹고, 자기 계발에도 관심을 갖기 시작했다. 한마디로 아이의 삶에 나를 가두고 싶지 않았다. 그렇다고 엄마로서의 역할을 내려놓은 건 아니었다. 단지 옆집 아이 대하듯 했을 뿐이다.

그렇게 꽤 오랜 시간이 흘렀다. 그런데 놀랍게도 아이 스스로 변화를 일으키기 시작했다. 스스로 몸을 관리하며 비만의 껍질을 벗어내더니, 자기 성향을 분석하며 자신에게 맞는 공부법을 찾아갔다. 그리고 결국 명문대에 합격했을 때, 나는 비로소 깨달았다. 부모의 기대가 사라진 자리에, 아이는 자기 자신에 대한 믿음을 세워가고 있었다는 사실을. 아마도 부모가 계속 아이의 일에 개입하고, 기대하고, 상관했었다면 결코 만나지 못했을 결과였던 것이다.

"내가 알아서 할게요."

부모의 기대는 때로 아이의 숨통을 조이는 족쇄가 된다. 하지만 기대를 내려놓은 자리는 스스로에 대한 믿음으로 다시 채워지기도 한다. 물론 아이들이 다 책임을 짊어진 것은 아니지만, 최소한 부모가 자신을 포기하지 않는다는 신호를 받으며 자기 길을 개척해 나간다는 것이다. 게다가 자식은 부모의 기대를 벗어난 온전한 자유 속에서 진정한 자신을 발견하기도 한다. 하지만 그 기약 없는 공백 기간을 그저 지켜볼 수밖에 없는 부모의 입장은 숨이 막힌다. 자식을 향한 부모의 기다림…. 그래서 그 기다림은 어쩌면 이 세상에서 가장 값지고 귀한 사랑이 아닐까 싶다.

 이만큼 했으면 괜찮은 부모 아닙니까

"사람은 스스로 버티는 힘을 가질 때, 비로소 타인에게 기댈 수 있다." 이 문장은 인간관계에 있어서 깊은 깨달음을 준다. 아이들이 스스로 설 수 있음을 보여주었기에 나도 언젠가 그들에게 기댈 수 있음을 꿈꾸게 된다. 기대하지 않음 속에서 기댈 순간을 기다리는 것. 그것이 부모의 긴 여정이자, 성숙한 사랑의 모습이 아닐까 싶다. 또 이런 문장도 있다. **"기대는 실망을 낳고, 내려놓음은 자유를 낳는다."** 실제로 부모로서 기대를 내려놓으니 마음이 한결 가벼워졌다. 집착이 사라지고, 자유가 찾아온 것이다. 그리고 그 자유는 나에게 평안을 가져다주었고, 아이들에게는 자기 삶을 개척할 숨구멍이 되어주었다.

언젠가 아이들이 단단히 홀로 서는 날이 오면 그때는 내가 기대어 보려 한다. 다만 기댄다는 것은 의존이 아니라, 의지가 될 것이다. 아이들 어깨에 무거운 짐을 얹는 것이 아니라, 그저 가벼운 속삭임으로 "든든한 너희들이 있어서 참 좋다."라고 전하는 사랑의 메시지다. 기대를 포기한 자리가, 오히려 서로 기대어 설 수 있는 자리가 된다는 것. 나는 나의 아이들을 통해서 그 값진 자리를 배울 수 있었다.

혹시 당신도 누군가에게 너무 큰 기대를 걸고 있지 않은가. 그 기대가 실망으로 바뀔 때, 마음 한 켠이 텅 비어버린 것처럼 느껴질지도 모른다. 하지만 그 빈자리는 실패가 아니라, 관계가 다시 숨 쉴 수 있는 공간이기도 하다. 기대하지 않음으로써 얻는 평온, 그리고 그 평온 위에서 다시 연결되는 따뜻함. 그곳이 바로 부모와 자식이 진짜 어른으로 마주

설 수 있는 자리일지도 모른다.

함께 살아가는 연습

기대는 관계의 무게를 늘리고, 신뢰는 그 무게를 덜어준다. 모든 걸 함께 할 수는 없지만, 함께 있어 줄 수는 있다. 필요한 순간에 손을 내미는 용기보다 더 단단한 신뢰는 없다. 서로의 생각을 존중할수록 의지도, 독립심도 함께 자란다.

1. "네가 해줬으면 좋겠어"라는 말 대신 "이건 내 몫이지만, 네 생각은 어때?"라고 묻는다.
2. 자녀에게 도움을 요청할 땐 감정보다 상황을 솔직히 설명한다.
3. 기대를 줄이면 감사의 빈도가 높아진다.
4. 도움을 받았을 땐 "고맙다" 이상의 진심을 표현한다.
5. "이건 네가 해줘야 해"가 아닌, "이건 함께하면 좋겠어"의 톤으로 말한다.
6. 의존보다 교류로서의 기대를 연습한다.
7. 부탁은 짧게, 고마움은 길게. 관계의 온도는 그 순서에서 결정된다.

이만큼 했으면 괜찮은 부모 아닙니까

돈이 섞일 때,
선을 긋는 용기

사랑은 나눌수록 깊어지지만, 돈은 나눌수록 경계가 흐려진다. 그리고 흐려진 경계는 관계에도 균열을 만든다. 따라서 돈만큼은 경계를 그어야 한다. 그 선은 차갑지만, 결국 서로를 지켜주는 따뜻한 울타리가 될 수 있을 테니까.

성인 자녀들과 함께 살아가면서 가장 크게 부딪히는 문제는 단연코 돈이다. 아이들이 중·고등학교에 다닐 때까지만 해도 사교육비를 제외하면 큰돈이 들어갈 일이 별로 없었다. 학교와 학원이라는 울타리 안에서 생활했기에 용돈을 쥐여줘도 쓸 일이 많지 않았다. 그저 군것질이나 소소한 취미로 쓰는 정도였다. 그러나 대학에 들어가면서 상황은 급격히 달라졌다. 기본 용돈 외에 차비, 식사비, 화장품, 학용품, 옷, 신발 등 생활비가 기하급수적으로 늘어났기 때문이다. 여기에 친구들과의 술자리나 소셜 활동까지 더해지면, 한 달 예산은 순식간에 초과되어 버린다.

사실, 아이들의 처지를 모르는 것은 아니다. 나 또한 학생 때, 그 나이에 맞는 욕구와 필요가 있었다는 걸 충분히 경험해 보았으니까. 하지만 부모의 입장에서는 그 모든 요구를 채워주기가 현실적으로 쉽지 않다. 특히, 등록금, 어학연수, 교환학생 비용 같은 목돈이 거대한 파도처럼 밀려와 통장이란 통장은 다 훑고 지나가기 때문이다. 이러한 상황에서 아이들이 "엄마, 나 이번 겨울에 패딩 하나만 사주면 안 돼요?", "엄마, 나 이번 여름방학에 친구랑 일본 여행 가기로 했는데….."라고 얘기하면 심장이 금세 얼어붙곤 한다.

한 번은 아들이 로션이 떨어졌다며 사줄 수 있냐고 물어왔다. 솔직히 예전 같았으면 아무렇지 않게 원하는 것을 채워주었을 텐데, 그날은 단호하게 말했다. "그건 네 용돈으로 해결해."라고. 아이는 불만이 가득한 얼굴로 나를 한번 쳐다보더니 이내 자신의 방으로 들어가 버렸다. 그때 마음은 조금 불편했지만, 그렇게라도 선을 그어놓지 않으면 결국 돈 때문에 사랑의 경계까지 흐려놓을 수 있겠다는 생각이 들었다. 그때부터 원칙을 세웠다. 교육과 학업에 필요한 비용은 예외로 하되, 그 외의 모든 소비는 한 달 용돈 안에서 해결하도록.

      이만큼 했으면 괜찮은 부모 아닙니까

사실, 그동안 용돈을 주면서도 틈틈이 별도의 지출을 허용하다 보니 아이들 입장에서는 부모 지갑은 언제든 열릴 수 있다는 모호한 신호를 받게 된 것 같다. 그렇게 돈의 경계가 흐려지면서 결국 부모, 자녀 간의 갈등으로 번졌던 적이 꽤 있었다. 부모가 언제든 지갑을 열어주면 아이는 자유로운 듯 보이지만, 실상은 여전히 부모의 지갑에 매여 있는 존재가 되는 것이다. 반면, 스스로의 한정된 돈 안에서 선택하고, 포기하며 배워가는 과정은 그들에게 있어서도 책임감이라는 묵직한 믿음으로 자라나지 않을까 싶다.

그런데 큰딸의 경우는 좀 애매한 부분이 있다. 딱히 사치를 하는 것도 아니고, 친구들과 술을 자주 마시는 것도 아니고, 그렇다고 소셜 활동이 잦은 것도 아니다. 하지만 개인 취미 활동으로 축구나 영화, 지방 여행을 즐기다 보니 용돈에서는 절대로 해결할 수 없는 한계가 있다. 그렇다고 그때 그때마다 별도로 챙겨주기에는 다소 부담스럽다. 바로 그 지점에서 돈이 섞이게 되는 것 같은데…. 결국 부모는 선 긋기에 대한 또 다른 부담을 떠안을 수밖에 없다. 용돈에서 해결할 수 있는 영역과 그렇지 않은 영역을 구분 짓는 기준 자체가 모호한 데다가, 아예 용돈을 넉넉히 주면서 그 안에서 모든 것을 해결하라고 하는 것도 모험일 수 있기 때문이다. 아마도 대부분의 부모들이 바로 이런 부분을 고민하지 않을까 싶다.

더군다나 성인 자녀 둘과 살아가면서 돈 문제로 아주 민감해지는 상황들도 있다. 그것은 아이들 각각의 소비 영역인데, 문제는 아이들이 그 부분에서 계속 불만을 토로한다는 사실이다. 예를 들어 큰딸의 스페인 교환학생 비용에 대해서 아들이 염두에 두고 있고, 언젠가는 분명 그 비용 얘기가 터져 나올 수 있다는 것이다, 그 부분에 있어서 엄마인 나는 머릿속이 복잡해진다. 왜냐하면 아이들이 서로 차별을 느끼지 않아야 하고, 또 누군가 억울한 부분이 생기면 안 되기 때문이다. 부모로서 비록 똑같이 해주지는 못하더라도 어느 정도 균형은 갖추어야 하기에 고도의 지혜가 필요할 수밖에 없다. 그러나 결코 쉽지 않다.

돈은 단순한 화폐 이상의 의미를 지닌다. 그것은 곧 책임과 자율의 무게를 상징하기도 한다. 부모가 언제든 채워주는 지갑은 아이들을 어른으로 자라게 하지 못할뿐더러, 오히려 부모 자신도 아이들의 욕구에 이리저리 끌려다니며 피로해질 뿐이다. 반드시 경계를 그어주어야 아이들은 자신의 선택에 대한 무게를 느끼며, 그 무게 속에서 조금씩 독립을 배워나갈 것이다. 다만, 분명한 선 긋기에 앞서 부모의 현명한 판단이 우선시되어야 한다고 생각한다. 선 긋기, 그 이면에는 불만, 차별, 억울함, 현실의 무게, 결핍 등이 숨어있을 수도 있기 때문이다.

"자유는 책임을 떠안는 자에게만 주어진다." 이 문장은 자유의 조건을 얘기한다. 돈을 통한 작은 자율은 곧 책임의 훈련이 되기도 한다. 부모가 모든 경제적 요구를 들어주는 순간, 아이는 자유로운 듯 보이지만, 사실은 여전히 부모의 지갑에 묶여 있는 것과 같다. 반대로 한정된 용

   이만큼 했으면 괜찮은 부모 아닙니까

돈 안에서 선택하고, 조율하는 경험은 자기 삶을 책임지는 연습이 되기도 한다. 하지만 아이들이 경제적 독립을 이루기 전까지는 그러한 연습이 쉽지 않다. 직접 돈을 벌어보지 못한 사람은 그 돈에 대한 가치를 전혀 모르기 때문이다. 어느 철학자는 **"욕망은 채워질수록 새로운 결핍을 낳는다."**라며 인간 욕망의 끝없음을 지적했다. 아이들이 돈을 쓰며 채워지는 것은 순간의 욕망이지 삶의 만족이 아니다. 부모가 계속 채워줄수록 그 욕망은 확장되고, 결국 부모와 자식 모두에게 상처가 된다. 그래서 부모가 지갑을 닫는 일은 냉정해서가 아니라, 욕망의 굴레에서 서로를 지켜내는 행위라고 볼 수 있다.

돈은 참 아이러니한 존재다. 사랑처럼 주고받으며 따뜻해지는 것이 아니라, 오히려 냉정하게 선을 그어야만 관계가 건강해질 수 있으니 말이다. 하지만 그 차가운 선은 결국 서로의 삶을 지켜주는 울타리이자, 아이들이 독립의 길로 나아가는 이정표가 되기도 한다. 단호한 선 긋기가 아이들에겐 차갑게 느껴질지 모른다. 그러나 결국 그들도 알게 될 것이다. 부모가 그어준 경계가 단절이 아니라, 성숙한 관계로 나아가는 다리였음을. 나는 언젠가 아이들에게 이렇게 말할 것이다.

"너희의 삶은 너희의 선택이다. 나는 다만 그 선택을 존중할 수 있는 만큼만 돕겠다."

 돈은 아이러니하다. 따뜻해지기 위해서가 아니라, 관계를 지키기 위해 냉정해져야 할 때가 있다.

함께 살아가는 연습

돈은 감정을 쉽게 흔들지만, 명확한 경계는 관계를 지켜준다. 돕는 마음보다 중요한 건 서로의 책임을 인정하는 일이다. 거절은 냉정함이 아니라, 관계 유지를 위한 지혜다. 사랑은 돈으로 확인되는 것이 아니라, 서로를 생각하는 마음에서 드러난다.

1. 가족끼리 돈을 주고받을 때는 감정보다 약속이 먼저다.

2. 빌려주는 돈은 받지 못해도 괜찮은 돈일 때만 가능하다.

3. '얼마'보다 '어떤 마음으로' 주고받는지가 더 중요함을 서로 확인한다.

4. 용돈, 지원, 선물의 개념을 명확히 구분한다.

5. 돈 문제는 말로만 하지 말고, 꼭 글로 남겨두는 습관을 들인다.

6. 도움은 한 번이면 충분하다. 자주 반복되면 기대가 된다.

 이만큼 했으면 괜찮은 부모 아닙니까

세대 차이를
싸움이 아닌 풍경으로

> "인간은 자신이 선 자리에서 세계를 본다." (니체)
> "우리는 타인을 있는 그대로 보기보다 자신이 보고 싶은 대로 본다." (쇼펜하우어)

서로의 언어가 다르고, 바라보는 하늘의 색도 다르다. 때로는 그 차이가 벽이 되기도 하고, 때로는 다리가 되기도 한다. 중요한 건, 세대 차이는 극복해야 할 싸움이 아니라, 그저 한 폭의 풍경처럼 바라보고 흘려보내야 할 지혜라는 사실이다.

세상은 늘 변해왔고, 세대마다 그 변화의 물결을 다 다르게 타왔다. 하지만 부모와 자식이 함께 사는 집 안에서 그 차이는 더욱 선명하게 드러난다. 우리 집도 예외는 아니었다. 세대 차이라는 것을 내세워 수없이 부딪히고, 오해하고, 마음을 다친 뒤에야 조금씩 서로의 자리를 인정하게 되었다. 물론 지금도 인정하지 못한 채, 큰 싸움으로 치닫는 경우가 종종 있긴 하다. 그것은 사회적, 문화적 차이에서 오는 괴리감이 아닌, 세대 간 인식의 문제였다. 남녀문제에 대한 인식, 가정에 대한 인식, 가족에 대한 인식, 말에 대한 인식, 행복에 대한 인식, 사랑에 대한 인식, 예의에 대한 인식 등등. 세대 간의 차이는 급변하는 세상 속에서 커다란 외로움을 남기기도 한다.

가장 두드러진 변화는 휴대폰이다. 내가 어릴 적에 경험했던 밥상은 온 가족이 둘러앉아 각자 하루의 삶들을 풀어내는 작은 연극무대 같았다. 아버지의 일터 이야기, 어머니의 살림 이야기, 형제들의 학교 내 사건들, 그리고 친구들 이야기…. 김이 모락모락 나는 하얀 쌀밥에 뜨끈뜨끈한 국그릇이 오가고, 숟가락과 젓가락이 장단을 맞추며 웃음과 푸념이 한 상 가득 올라오곤 했다. 그 시절엔 비록 화려한 밥상은 아니었지만, 정겨운 시선들이 오가던, 그런 따뜻한 밥상 풍경이었다.

그런데 10년이면 강산도 변한다고 했던가! 벌써 40여 년의 세월이 흐른 지금, 밥상 풍경도 많이 달라졌다. 정성껏 차린 식탁 앞에 앉아도 아이들은 저마다 휴대폰 속 작은 세계로 빨려 들어가곤 한다. 밥상머리의 대화는 손가락 끝의 스크롤에 밀려 사라지고, 왁자지껄 수다 대신 무표정이 흐른다. 물론 때때로 정치, 스포츠, 사회, 연예 관련 얘기들도 나오긴 한다. 하지만 정겨운 우리네 삶의 얘기는 어디론가 사라져 버리고, 식사 시간이 끝나고 만다. 이후 나는 그저 말없이 그릇들을 치우고, 남

   이만큼 했으면 괜찮은 부모 아닙니까

은 설거지를 마주하면서 허탈한 마음을 삼킬 때가 많다. 시간과 정성을 들여 밥상을 차렸건만, 글쎄 그 가치는….

또 하나 뚜렷한 세대 차이는 권위의 해체다. 내 부모님 세대는 부모의 말이 곧 법이었다. 감히 거역할 수도, 대꾸할 수도 없었던, 그런 권위의 시대였다. 물론 나의 엄마만큼은 그런 권위가 전혀 없었기 때문에 가장 편안하고, 따뜻한 사람으로 지금까지 기억되고 있다. 반면 지금은 자식이 부모에게 목소리를 높이고, 때로는 부모의 의견을 가볍게 여기는 일이 낯설지 않다. 우리 집도 마찬가지다. 부모로서의 권위가 점점 설 자리를 잃고, 그 빈자리를 대화와 설득으로 채워야 하는 현실에 서 있는 것이다.

큰딸은 "결혼은 하지 않겠다."라고 선언했다, 이유를 물어 보니 엄마인 나의 삶을 통해서 시댁 문제, 살림 문제, 육아 문제 등이 너무 큰 압박으로 다가왔다는 것이다. 특히, 스스로를 잃어버린 채 가족에게 희생하는 모습과 그 희생이 당연하게 받아들여지는 엄마의 자리가 안쓰러워 보인다며 눈물을 글썽였다. 그리고 아들은 "결혼은 하되, 아이는 갖고 싶지 않다."라고 말했다. 마찬가지로 이유를 묻자, 이렇게 대답했다.

"나 같은 아이 나올까 봐…."

그 순간, 말문이 막혔다. 아들의 그 말속에는 부모가 된다는 것의 무게와 두려움이 이미 담겨 있었기 때문이다. 어찌 보면, 부모 역할이 얼마나 힘겨운지, 그 짐을 지고 싶지 않다는 고백이 아니었을까 하는 생각도 든다. 내가 결혼할 당시만 해도 결혼과 출산은 필수였다. 그래서 나도 그 시대적 흐름에 편승해 늦은 나이에 결혼했고, 또 두 아이까지 낳았다. 그런데 지금 시대는 결혼도 선택이고, 출산도 선택이다. 그래서인지 이혼율도 높고, 자식도 낳지 않으려는 듯하다. 길을 걷다 보면 유모차에는 반려견들이 아기를 대신하고 있는데…. 정말이지 세상이 참 많이 변했다는 생각이 든다.

또 하나 사소하지만 치명적인 갈등의 원인은 말투였다. 나는 아무렇지 않게 던진 말이 딸에게는 차갑게 들리곤 했다. "엄마, 왜 그렇게 말해?"라는 항의는 수도 없이 들었다. 사실, 내 입장에서는 별 감정 없이 내뱉은 평범한 말투였는데, 딸에게는 날 선 칼날처럼 다가갔던 것이다. 처음엔 도저히 이해할 수가 없었다. 이미 습관화가 된 말투를 어떻게 고칠 것이며, 또 그렇다고 매번 딸의 눈치를 보고 살 수도 없지 않겠는가. 그렇게 반복되는 오해와 다툼, 이해와 설득 끝에 결론을 내렸다. 그것은 가능한 한 말을 줄이는 것이었다. 상처를 주지 않으려는 최선의 선택이 침묵일 때가 많다는 사실을 받아들이게 된 것이다.

"인간은 자신이 선 자리에서 세계를 본다." 이 문장을 곱씹어 보면, 세대 차이는 다른 게 아니다. 부모는 부모의 자리에 서서 세상을 바라보

 이만큼 했으면 괜찮은 부모 아닙니까

고, 자식은 자식의 눈높이에서 세상을 바라본다. 같은 풍경도 서 있는 자리에 따라 색채가 다르게 보일 수 있듯이, 서로 간의 세대도 그냥 편안하게 받아들이면 좋지 않을까 싶다. 또한 이 문장은 바라보는 태도에 대한 문제점을 얘기한다. **"우리는 타인을 있는 그대로 보기보다 자신이 보고 싶은 대로 본다."** 부모는 자식에게서 과거의 자신을 보려고 하고, 자식은 부모에게서 오래된 시대의 그림자를 보려고 한다. 서로가 서로를 그냥 있는 그대로 보면 좋을 텐데, 말처럼 쉽지만은 않다.

이처럼 세대 차이는 이해하려는 노력보다는 바라보는 태도의 문제가 아닐까 싶다. 세대 차이는 언젠가 사라질 문제가 아니라, 늘 존재하는 흐름이기 때문이다. 나는 이제 세대 차이를 억지로 좁히려 하지 않는다. 서로 다른 색깔의 하늘을 바라보는 사람처럼, 그저 다름을 인정하려 한다. 아침의 하늘과 저녁의 하늘이 다르다고 해서 어느 쪽이 틀린 건 아니듯, 부모와 자식의 차이도 결국 살아온 시대와 경험이 다를 뿐이니까.

세대 차이는 어쩌면 서로를 이해하려는 마음의 간격일지도 모르겠다. 따라서 굳이 맞추려고 애쓰기보다는 다름을 인정하는 순간 오히려 관계는 편안해지지 않을까 싶다. 따지고 보면, 우리도 부모 세대를 이해하지 못했듯, 아이들도 지금의 우리를 이해하지 못할 것이다. 다만 언젠가는 우리를 이해하게 될 날이 오지 않을까. 우리도 그랬던 것처럼…. 오늘은 굳이 논쟁 대신 서로의 세대를 잠시 바라봐 주는 하루였으면 한다.

함께 살아가는 연습

세대의 차이는 틈이 아니라 풍경이다. 그 풍경을 다르게 본다고 해서 잘못된 건 아니다. '이해'보다는 '존중'이 더 현실적인 다리이다. 다름을 탓하기보다, 다르게 자란 세월을 함께 바라보자.

1. 세대 차이를 '다름'이 아니라, '다양함'으로 정의한다.

2. 모르는 것을 부끄러워하지 말고, 배우는 자세로 받아들인다.

3. 자녀 세대의 언어를 조금이라도 이해하려는 시도 자체가 존중이다.

4. "우리 때는 말이야" 대신 "요즘은 어떤지 궁금하네"로 바꾼다.

5. 서로의 세계를 설명하려고 하기보다, 서로의 시선으로 한 번쯤 바라본다.

6. 세대 차이는 벽이 아니라, 이해의 창문이 될 수 있다.

7. 결국 다름은 거리의 이유가 아니라, 서로를 배우는 이유가 된다.

　　　　　　　이만큼 했으면 괜찮은 부모 아닙니까

함께하는 시간이
만드는 친밀감

사람은 저마다 다른 세계를 품고 살아간다. 가까운 가족이라 해도 예외는 아니다. 그러나 가끔은 같은 공간에 머무르며, 같은 바람을 쐬고, 같은 풍경을 바라보는 순간이 필요하다. 그 짧은 시간이 마음을 잇고, 외로움의 틈새를 메워줄 수 있기에….

가족이라는 이름이 언제나 따뜻한 울타리로만 느껴지는 것은 아니다. 어떤 때는 가족이기에 더 큰 외로움을 겪을 때도 있다. 각자의 삶의 무게가 다르고, 생각이 다르기에 같은 집에 살아도 서로 멀리 있는 듯한 감정이 들곤 한다. 게다가 오늘날에는 스마트폰과 온라인 세계가 그 간격을 더 벌려 놓았다. 자녀들은 가족보다도 친구와 온라인 커뮤니티에 더 많은 시간을 할애하고, 부모 또한 바쁜 일상으로 인해 가족들과 함께하는 시간이 자꾸만 줄어든다. 그래서일까. '가족'이라는 울타리가 딱히 절실하게 느껴지지 않는 시대가 되어버렸다.

그렇기에 더더욱 의식적으로라도 함께하는 시간과 활동이 필요하다고 생각한다. 우리 집은 요즘 들어 주말마다 작은 드라이브를 즐기고 있다. 남편은 운전대를 맡고, 나는 운전석 옆에, 딸은 내 뒷좌석에 각각 앉는다. 차 안은 USB에 담긴 7080 노래들이 주를 이루고, 딸은 함께 듣기도 하다가 자신의 핸드폰으로 요즘 유행하는 아이돌 노래들을 따라 부른다. 창밖으로 스쳐 가는 풍경들을 바라보며 이런저런 얘기를 나누다가도, 어느 순간 침묵이 흐르곤 한다. 하지만 그 침묵이 어색하지 않다. 비록 한 공간에 머물고 있지만, 개인마다 또 다른 세계가 존재하고 있을 테니까.

그렇게 정처 없이 내달리다 보면 답답했던 가슴이 확 트이면서 무언가 다시 시작하고 싶은 마음이 샘솟는다. 목적지는 특별할 필요가 없다. 때로는 시골길을 따라 난 풍경이 목적지가 되기도 하고, 때로는 드넓게 펼쳐진 바다가 보이는 풍경이, 때로는 굽이굽이 산자락과 강이 어우러진 풍경이 목적지가 되기도 한다. 그냥 아무 생각 없이 바라보는 풍경은 마치 하나의 예술처럼 느껴진다. 문득 바라본 하늘, 그 파란 하늘에 뭉

 이만큼 했으면 괜찮은 부모 아닙니까

게뭉게 떠 있는 구름의 모습이 장관을 이루기도 하는데…. 마치 강아지가 어디론가 뛰어가는 모습처럼, 화난 고양이의 얼굴처럼, 용의 자태처럼, 새가 비상하는 모습처럼, 심지어는 웅장하게 펼쳐진 설산처럼 보이기도 한다.

"우와! 멋있다."

감탄을 자아내며 달리다 보면 어느새 슬슬 허기가 진다. 일단, 근처 맛집에 들러 집에서 먹을 음식들을 잔뜩 포장해 온다. 물론 이렇게 늘 평화롭기만 한 것은 아니다. 차 안이라는 좁은 공간은 대화를 피할 수 없는 곳이기도 해서 가끔은 의견 충돌로 언성이 높아지기도 한다. "이럴 거면 나오지 말 걸 그랬다." 싶은 순간들도 한두 번이 아니었다. 하지만 시간이 지나고 나면 그날의 말다툼마저도 결국은 아련한 추억의 한 장면으로 남곤 한다. 가족의 활동이란 그런 게 아닐까 싶다. 웃음과 다툼이 뒤섞여 결국은 관계를 더 단단하게 해주는 것.

다만, 아쉬운 건 아들이 이 활동에 참여하지 않는다는 점이다. 아이는 워낙 혼자 있는 걸 좋아하고, 친구들과의 시간을 더 소중히 여긴다. 게다가 누나와의 관계도 원만하지 않다 보니 가족 활동에 참여하는 게 부담스러운 것 같긴 하다. 솔직히 처음엔 화도 나고, 엄마로서 잘못 키운 게 아닌가 싶어 자책도 했다. 하지만 중요한 건, 무엇이든 스스로 원해서 하지 않으면 아무런 의미가 없다는 것이다. 그래서 지금은 아이의 그런 행동마저 존중하려 한다. 언젠가는 마음이 열릴 때가 올 것이라고 믿고, 혹여 그렇지 않더라도 그것이 진정 자신의 선택이라면 나는 기꺼이 받아들일 수 있다.

그래도 사 온 음식들을 저녁 식탁 위에 먹음직스럽게 세팅을 해놓으면 아들도 함께 맛있게 먹곤 한다. 비록 드라이브는 함께하지 못했더라도 결과적으로 '맛집 음식 공유'라는 순간 속에 들어오게 되는 것이다. 그것으로 충분하다고 생각한다. 가족이라고 해서 무조건 다 같이 참여해야 할, 그 어떤 이유도 없는 것이고, 또 스스로 원할 때는 굳이 눈치보지 않고, 마음이 가는 대로 하면 되지 않을까 싶다. 이런 삶에 있어서 나의 철학은 '그냥 물 흐르듯 자연스럽게 살아가자.'이다.

그리고 매일 저녁 무렵, 해가 지고 어둠이 내려앉으면 또 다른 시간이 시작된다. 딸과 함께 반려견 '해피'를 데리고 동네 산책에 나선다. 낮에는 차마 꺼내지 못했던 말들이 이 시간에는 조금씩 흘러나오곤 한다. 걸음을 맞추며 걷다 보면 섭섭했던 일도, 쌓여 있던 오해도 조금은 풀린다. 때로는 남편의 못마땅한 점을 투덜거리기도 하고, 남동생의 지나친 자기 세계를 두고 푸념을 하기도 한다. 그러나 이런 소소한 대화는 결국 모녀의 관계를 다시 붙들어 주는 실 같은 역할을 한다. 해피가 발걸음을 재촉하며 앞서 나가다 뒤돌아보는 순간들처럼, 우리의 대화도 자꾸 잊히는 듯하다가 다시 이어진다.

 이만큼 했으면 괜찮은 부모 아닙니까

이처럼 함께하는 활동은 거창할 필요가 없다. 동네 산책, 음악이 흐르는 드라이브, 혹은 저녁 식탁에서의 나눔만으로도 가족의 관계는 은근히 다져진다. 중요한 건, 그 순간만큼은 서로의 마음을 조금 더 열고 함께한다는 사실이다. 문득 돌아보면, 이런 작은 순간들이야말로 가장 깊은 친밀감을 쌓아 올리는 시간이었다. 누군가와 함께할 수 있다는 것, 그것은 어떻게 보면 삶에 있어서 가장 의미 있고, 가치 있는 일이다.

"행복은 크고 눈부신 성취에서 오는 것이 아니라, 작은 즐거움이 쌓여 이루어진다." 이 말처럼 가족의 행복도 마찬가지다. 화려하거나 완벽하지 않아도 괜찮다. 함께 걷고, 먹고, 웃는 순간들이 차곡차곡 쌓일 때, 그 속에서 비로소 편안한 친밀감이 자라난다고 생각한다. 함께하는 활동의 본질은 화려한 경험이 아니라, 시간과 공간을 함께 공유하는 것이라고 한다. 또 이런 말도 있다. **"인간은 근본적으로 고독한 존재이지만, 고독을 덜기 위해 타인과 관계를 맺는다."** 가족이란 바로 그러한 고독을 가장 가깝게 덜어줄 수 있는 사람들인 것이다.

함께하는 시간은 때로는 시끄럽고, 때로는 불편하고, 때로는 허무하게 끝나기도 한다. 그럼에도 불구하고 그 시간을 함께 나누었다는 사실이 어렴풋하게 남아 텅 빈 마음을 따뜻하게 채워주곤 한다. 그리고 결국 그러한 순간들이 모여 가족의 균열을 메우는 작은 힘이 되어주는 게 아닐까 싶다.

 가끔은 같은 공간에 머물며, 같은 풍경을 바라보는 시간이 필요하다. 그 짧은 순간이 마음을 잇는다.

함께 살아가는 연습

많은 대화보다 나란히 걷는 한 걸음이 더 가까움을 만든다. 함께하는 시간 속엔 설명이 필요 없다. 요리, 산책, 커피 한 잔…. 그 단순함이 관계를 숨 쉬게 한다. 사이좋은 관계는 결국 같이 있는 자연스러움에서 피어난다.

1. 말이 없어도 되는 공동의 시간을 만든다. 산책, 요리, 드라이브 등.

2. 함께 있는 동안엔 '대화'보다 '경험'을 중심에 둔다.

3. 자녀가 좋아하는 활동에 단 한 번쯤 초대받는 마음으로 참여한다.

4. 사진보다 기억에 남는 시간을 의식적으로 만들어 간다.

5. 관계는 노력보다 자연스러운 반복 속에서 깊어진다.

6. "오늘은 그냥 같이 있고 싶었어." 이 한마디가 가장 큰 연결이다.

 이만큼 했으면 괜찮은 부모 아닙니까

무심한 듯,
은근한 돌봄

"사랑에는 일정한 거리감이 필요하다." (니체)
"사랑은 대상이 아니라, 행위 속에 있다." (쇼펜하우어)

사랑은 요란하지 않다. 손에 잡히지 않지만, 오래도록 스며드는 바람처럼 다가온다. 말보다 행동이 더 크게 남고, 보이지 않는 손길이 가장 깊은 울림을 준다. 무심한 듯 건네는 그 작은 돌봄이 삶을 단단히 지탱해 주고, 또 따뜻하게 어루만져 주기도 한다.

아이들이 어릴 적에는 모든 것을 돌봐야 했다. 밥을 먹여야 했고, 옷을 챙겨 입혀야 했고, 학교 준비물을 챙겨줘야 했고, 혹시라도 문제가 있는지 살펴야 했고, 심지어 잘 때조차도 감기에 걸리지는 않을까 잠자리를 들여다보아야 마음이 놓이곤 했다. 그 당시, 부모의 돌봄은 하나에서 열까지 모두 챙겨줘야 하는 애씀이었고, 또 치밀함까지 더해져야만 했다. 그러나 아이들이 성인이 된 지금, 그 돌봄이 그대로 이어진다면 그것은 더 이상 사랑이 아니라, 간섭이 되고 만다.

"제발, 내가 알아서 할게요."

나는 그 차이를 성장하는 아이들을 통해 절실히 깨달았다. 성인이 된 아이에게 "너, 뭐 하니?"라는 말은 배려가 아니라, 잔소리처럼 들릴 수 있고, "옷은 왜 그렇게 입니?"라는 관심은 존중이 아니라, 침범으로 받아들여질 수 있다. 그뿐이겠는가. 요즘, 세상이 너무 흉흉하다 보니 가능한 한 늦지 않도록 당부하기도 하고, 또 건강과 위험을 생각해서 술 좀 적당히 먹으라고 얘기하면 돌아오는 대답은 늘 귀찮은 듯한 반응뿐이다. 그래서 이제는 무심한 듯 은근한 돌봄이 필요하다는 사실을 알게 되었다.

그 돌봄은 겉으로 잘 드러나지 않는다. 예를 들자면, 늦게 귀가하는 아이를 위해 거실 불을 켜 두는 일이라든지, 냉장고에 아이가 좋아하는 음식을 채워 두는 일, 주말은 좀 더 자도록 내버려 두는 일, 미리 방 청소, 화장실 청소를 깨끗이 해두는 일, 공부로 지쳐 들어온 아이 앞에 따뜻한 차 한 잔을 내어놓는 일 등이 다 무심한 듯 은근한 돌봄이 아닐까 싶다. 아이가 딱히 요구하지 않았음에도 조용히 배경이 되어주는 것, 그

   이만큼 했으면 괜찮은 부모 아닙니까

것이 바로 성인 자녀와의 공존의 방식이다.

큰딸의 경우, 넉넉하지 않은 용돈 속에서도 일부를 저축해 두곤 한다. 그 모습이 기특해 때때로 별 생색 없이 밥값과 간식값을 송금해 준다. 게다가 자신의 용돈 관리를 나름 철저하게 함으로써 부모에게 손 벌리지 않는 노력이 가상하다 보니 오히려 필요한 것을 물어보는 경우도 생긴다. 그것은 보상도, 간섭도 아닌 응원이다. 아이는 그런 엄마의 마음을 그냥 조용히 받아들일 뿐이다. 때로는 큰소리로 가르치는 것보다 이렇게 조용한 마음으로 건네는 사랑이 훨씬 오래 남는다.

아들은 또 다른 방식으로 돌봄을 이끌어낸다. 워낙 깔끔한 성격이라 더러운 것을 참지 못한다. 그런데 그 깨끗함의 기준이 보편적인 게 아니라, 단지 자신만의 기준이라는 게 다소 황당할 때가 있다. 예를 들어 방이 어수선하고, 옷, 물건들이 이곳저곳에 널브러져 있는 것은 아무렇지 않게 생각한다. 하지만 자신이 직접 사용하는 베개라든지 수건, 시트, 이불 등에는 매우 민감한 반응을 보이곤 한다. 그래서 수건 같은 경우는 수시로 세탁해서 반듯하게 정리해 놓는다. 늘 쾌적하고 기분 좋게 사용할 수 있도록.

그리고 비록 부탁은 하지 않지만, 아이가 잠깐 자리를 비운 사이에 깨끗하게 방 청소를 해놓는다. 일단, 먼지를 다 털어내고, 바닥을 쓸어낸 다음, 책상 위의 먼지와 바닥을 깨끗한 걸레로 닦아놓는다. 그러면 아이가 방에 들어왔을 때, 뭔가 달라진 공기를 누구보다 빨리 느낄 것이다.

사실 예전 같았으면 "방 좀 치워라."라고 잔소리를 하거나 혼을 냈을 텐데, 이제는 그냥 내가 조용히 대신하곤 한다. 무엇이든 억지로 해서 되는 게 아니라, 다 때가 있다는 것을 알고 있기 때문이다. 한마디로 명령의 돌봄이 아니라, 배려의 돌봄인 것이다.

또 하나의 돌봄은 말 속에 있다. 예를 들어 아이의 고민을 들어줄 때, 가능한 한 내가 하고 싶은 조언을 삼키고, 그저 고개를 끄덕여 주는 것이다. 비록 아이의 선택이 어리석고, 위험하더라도 그것마저 감내하며 지켜보는 것이 부모로서의 깊은 숙명이기 때문이다. 말은 줄이고, 대신 가만히 들어주는 것! 그 어려운 침묵 속에서 아이는 존중받고 있다는 은근한 확신을 얻게 될 것이다. 그리고 그러한 확신은 앞으로 자신이 어떤 선택을 하더라도 그 선택에 대한 책임을 질 수 있는 힘으로 발현되지 않을까 싶다.

사실, 이러한 돌봄은 서로의 자유를 해치지 않으면서도 연결을 유지한다. 엄마는 간섭하지 않고, 아이들은 그 자유 속에서 자율을 배우게 된다. 그러면서도 무언가 위태로운 순간, 집이라는 울타리에 기대어 다시 숨을 고를 수 있는 것이다. 이처럼 은근한 돌봄은 어떻게 보면 희생이라고도 볼 수 있는데…. 엄마의 입장에서는 살림을 하면서 자연스럽게 몸에 밴 습관처럼 나오기도 한다. 따라서 언뜻 무심해 보이기도 하지만, 사실은 가장 따뜻한 연결이 바로 이런 방식이라고 할 수 있다. 아이들은 그런 엄마의 행동을 당장은 말하지 않더라도 언젠가는 알게 된다.

  이만큼 했으면 괜찮은 부모 아닙니까

엄마의 손길이 머물렀던 집안 곳곳의 흔적들! 그 깨달음은 언젠가 그들의 삶을 지탱해 줄 작은 등불이 될 것이다.

"사랑에는 일정한 거리감이 필요하다." 이 문장은 사랑의 온도를 얘기한다. 너무 가까우면 서로를 질식시키고, 너무 멀면 서로를 잃어버린다. 나는 그 거리를 찾기 위해 끊임없이 노력해 왔고, 지금도 노력하고 있다. 손을 꽉 잡는 대신 느슨히 얹어두는 것, 붙잡는 대신 곁에서 바라보는 것, 그것이 성인 자녀와의 공존에서 가능한 돌봄의 형태라고 생각한다. 또한 이 문장은 사랑의 방향을 제시하고 있다. **"사랑은 대상이 아니라, 행위 속에 있다."** 실제 경험에서도 마찬가지다. 사랑한다는 말보다, 밤늦게 켜 놓은 불빛 하나가, 잠시 비운 틈에 정돈된 책상이 깊게 전해진다.

성인 자녀와의 공존은 더 이상 무엇을 해주느냐가 아니다. 그저 곁에 있음을 은근히 전해주는 것이다. 딸에게는 작은 송금이, 아들에게는 깨끗한 방과 스탠드의 불빛, 깨끗한 수건이 그 증거가 된다. 그것은 간섭도, 요구도 아닌 조용한 사랑의 메시지다. 결국 무심한 듯 은근한 돌봄은 부모가 성인 자녀에게 건네는 가장 깊은 사랑의 방식이다. 아이들이 언젠가 뒤돌아보았을 때, 부모의 이 조용한 손길들이 얼마나 큰 울타리였는지를 알게 될 것이다. 말없이 남겨진 불빛과 작은 흔적들이 결국은 가장 따뜻한 사랑의 기록이 될 테니까.

함께 살아가는 연습

돌봄은 표현의 양이 아니라, 지속의 온도이다. 매일 묻지 않아도 안부가 마음에 머무는 사람. 말 대신 챙겨둔 따뜻한 수건 한 장이 마음을 닦아준다. 무심함 속의 진심은 오래도록 기억된다.

1. "괜찮냐"보다는 "오늘 밥은 먹었니?" 같은 생활의 언어로 안부를 묻는다.

2. 조언 대신 묵묵히 들어주는 시간이 가장 큰 위로다.

3. 자녀의 일상을 직접 해결해 주기보다, 기댈 수 있는 기운으로 남는다.

4. 돌봄은 드러내는 게 아니라, 마음 깊이 스며드는 따뜻함이다.

5. 지나친 관심보다 꾸준한 존재감이 오래간다.

6. 자녀의 실패 앞에서는 말보다 침묵의 온기가 더 깊게 닿는다.

짧고 진한
만남으로 충분하다

거리는 때로 사랑을 더 깊게 한다. 떨어져 있는 동안 마음은 그리움으로 채워지고, 그리움은 다시 사랑으로 돌아온다. 짧지만 진하게 이어지는 순간이야말로 관계의 본질을 빛나게 한다.

'거리두기는 그리움을 낳고, 그리움은 사랑이 된다.' 이 문장을 곱씹어 보면 참 깊은 울림이 있다. 사람은 누구나 사랑하는 사람과 늘 함께 있고 싶어 하지만 실은 거리가 관계를 건강하게 지켜주기도 한다. 아무리 좋아하는 사이라 해도 하루 종일 얼굴을 마주하고 있으면 사소한 말투나 습관 하나에도 예민해져 서로 상처를 주기 쉽다. 반대로 잠시 떨어져 있다 다시 만났을 때는 그토록 익숙하던 얼굴이 낯설 만큼 반가워지고, 더 잘해주고 싶은 마음이 생기게 마련이다.

　성인 자녀들과 한집에서 생활하다 보면 이 진리를 더욱 실감하게 된다. 사실, 이번 여름방학 동안 아이들과 함께 지내면서 절실히 깨달은 부분이 있다. 이제 막 대학생이 된 아들과 이미 대학생인 큰딸이 이번 여름방학만큼은 다른 것 다 제쳐두고 그냥 푹 쉬고 싶다는 선언을 했다. 순간, 엄마로서 가슴이 덜컥 내려앉았지만, 딱히 뾰족한 수가 없었다. 그렇다고 밖에 나가라며 억지로 내쫓을 수도 없는 일. 그렇게 이번 여름방학은 숨 쉴 틈조차 없었고, 정신적, 육체적 피로감이 극에 달했던, 그런 공포의 여름방학이었다.

“제발, 물건들 좀 제자리에 놓을 수 없을까?”

　그 당시, 대부분의 시간을 함께 있다 보니 아이들을 진정으로 사랑해줄 마음의 여유조차 없었고, 또 몸과 마음이 극도로 예민해져 있었기에 사소한 말 한마디에도 신경이 곤두서곤 했다. 분명, 사랑하고 아끼는 마음은 있지만, 매일 같이 마주하는 일상 속에서 그 마음을 따뜻하게 표현하기가 오히려 더 어려웠다. 그렇게 하루하루를 힘들게 보내면서 엄마로서의 나는 점점 더 작아지고 있었다. 그리고 방학이 끝난 후, 오롯이 혼자 남겨졌을 때 '아이들에게 좀 더 잘 해줄 걸.' 하는 후회가 밀려왔다.

　　　　　　　　　이만큼 했으면 괜찮은 부모 아닙니까

사실, 평소에는 아이들이 하루 종일 밖에 있다가 저녁에 들어오면 괜스레 더 애틋해지고, 말 한마디라도 더 따뜻하게 해주고 싶은 마음이 생기곤 한다. 그것은 아마도 서로가 오랜 시간 같이 있는 것보다, 다시 만나는 것에 대한 설렘이 더 소중하게 느껴지기 때문일 것이다. 그리고 엄마 입장에서 좀 더 깊이 들어가 보면 자식과 떨어져 있는 동안 스스로를 돌아보며 마음을 재정비할 수 있기 때문이다. 그래서 부모와 자식 간에도 물리적 거리와 마음의 거리를 적절히 두는 지혜가 반드시 필요하다고 생각한다.

큰딸이 스페인으로 교환학생을 준비하고 있다. 사실, 아직 한 번도 오래 떨어져 지낸 적이 없기에 엄마로서 이번 기회를 은근히 기다리고 있다. 물론 처음엔 시원섭섭할 수도 있겠지만, 시간이 지나면서 왠지 허전하고, 나중엔 몹시 그리울 것 같다는 생각도 든다. 하지만 그리움을 통해서 비로소 서로의 존재가 얼마나 큰 의미였는지 깨달을 수 있기 때문에 이번 기회가 너무 감사할 따름이다. 그리움은 단순한 결핍이 아니라, 관계를 더 단단히 묶어주는 매개체가 될 수 있으니까 말이다.

아들 역시 마찬가지다. 가까운 미래에 군 입대를 앞두고 있다. 그 전에 아이는 이미 송도 캠퍼스 기숙사에서 일주일에 사흘 정도 생활하고 있기 때문에 그 부재가 주는 묘한 공허함을 조금씩 느끼고 있긴 하다. 물론 지금은 아들하고의 의견 충돌이 다소 있어서인지 떨어져 있는 게 편하긴 하지만 아마도 군대를 가게 되면 그 부재가 아이를 더욱 애틋하게 바라보게 하고, 잠시 만나는 순간을 더 소중하게 느끼게 하지 않을까 싶다. 결국 인간관계의 본질은 계속 곁에 있는 것보다 만남과 헤어짐의 리듬 속에서 보다 새로워질 수 있을 테니까.

부모와 자식 간의 관계도 멀어져야 비로소 알게 되는 것들이 있다. 함께 있을 때는 보이지 않던 고마움, 당연하게 여겼던 일상의 순간들이 거리를 두면 선명하게 다가온다. 그리고 다시 만났을 때, 그 사랑은 더 깊고 진하게 우리를 감싸주곤 한다. 한 예로, 지금은 서로가 멀리 떨어져 있었던 적이 없어서 잘 모르겠지만, 크게 말다툼을 벌였을 때를 보면 알 수 있다. 그 당시, 큰딸과 한동안 말을 안 하고 지냈다. 아이 입장에서는 엄마가 곁에 없다 보니 모든 것이 불편하게 느껴졌던 모양이다. 이후 아이는 보다 성숙한 모습으로 나에게 다가왔고, 우리 모녀는 예전보다 편안한 사이로 발전할 수 있었다.

"거리두기를 통해 우리는 사물의 진가를 본다." 이 문장을 삶에 비추어 보면, 부모와 자식 사이도 마찬가지다. 함께 있을 때는 보이지 않던 고마움이 떨어져 있을 때 더욱 선명해지고, 당연하게 여겼던 일상의 순간들이 그제야 귀하게 다가온다. 따라서 부모와 자식 간의 관계에도 적당한 거리와 간격이 필요하다. 또한 **"과도한 친밀은 경멸을 낳는다. 그리고 친밀은 적당할 때만 즐거움을 준다."** 라는 문장은 거리두기의 본질에 대해서 얘기한다. 그만큼 서로 간의 거리두기가 얼마나 중요한지를 보여준

      이만큼 했으면 괜찮은 부모 아닙니까

다. 나 역시 아이들이 서름빙학과 일상을 통해 절실하게 깨달았다.

이러한 거리두기 철학은 비단 가족에게만 해당하는 것은 아니다. 어떤 모임의 사람이든, 지인이든. 친구든, 친척이든 너무 자주 만나면 언젠가는 실수를 하게 되고, 또 그로 인해 서로가 기분이 상하고, 섭섭한 마음이 들면서 결국 멀어질 수밖에 없는 것이다. 반면 가끔 만나는 사람들에게는 가능한 한 예의를 갖춤으로써 신뢰감을 줄 수 있고, 그 신뢰감은 다시 또 만나고 싶은 기대와 설렘을 불러오기도 한다.

짧고 진한 만남의 지혜란 바로 이런 게 아닐까 싶다. 매일 곁에 있으면서 서로를 힘들게 하고, 지치게 하기보다 떨어져 있는 시간 속에서 관계를 숙성시키고, 다시 만나는 순간을 작은 설렘으로 맞이하는 것. 그것은 사랑을 오래 지속시키는 비밀이자, 성인 자녀와 부모가 공존하는 데 필요한 중요한 지혜가 아닐까 싶다.

혹시, 당신도 비슷한 경험이 있지 않은가? 사랑하는 가족과 함께 있으면서도 어느 순간 숨이 막히고, 오히려 지쳐버린 기억 말이다. 그것은 사랑하지 않아서가 아니라, 너무 가까이 있기 때문일 수 있다. 거리를 두는 것은 떠나는 것이 아니라, 사랑을 지키기 위한 또 다른 방식이다. 부모든, 자식이든 서로에게 자유로운 공간을 허락할 때, 비로소 그 관계는 더 오래, 더 깊게 이어질 수 있을 것이다.

 함께 있을 때 보이지 않던 고마움, 당연하게 여겼던 일상의 순간들이 거리를 두면 선명하게 다가온다.

함께 살아가는 연습

함께하는 시간이 길지 않아도 진심 하나면 충분하다. 만남은 횟수가 아니라, 밀도에서 깊어진다. 짧은 시간일수록 말보다 눈빛이 더 많은 것을 전한다. 서로의 시간을 존중할 때, 그리움은 관계의 숨결이 된다.

1. 긴 만남보다 밀도 있는 순간이 관계를 지탱한다.

2. 각자의 일상 속 틈새 시간을 공유하는 것으로 충분하다.

3. 만나면 서로의 근황보다 감정의 안부를 먼저 나눈다.

4. 지나간 오해보다 지금의 안부에 집중한다.

5. 떠날 땐 여운을 남기되, 붙잡지 않는다.

6. 자주 만나는 것보다 진심이 관계를 오래가게 만든다.

 이만큼 했으면 괜찮은 부모 아닙니까

이제,
나를 위한 삶

한 생을 다 바쳐 키워낸 아이들 곁에서, 이제는 내 이름을 다시 불러본다. 엄마이기 전에 한 사람으로, 그토록 잊고 있던 나를 향해….

아이들이 성인이 되기까지 참 멀고도 험한 길을 걸어온 듯하다. 어떤 날은 치열하게, 또 어떤 날은 그 모든 것을 내려놓은 듯, 그리고 어떤 날은 몸서리쳐지도록 외롭게. 교육이라는 이름으로 아이들의 앞날에 불을 붙이려 애썼지만, 그 불은 어느 순간 아이들의 선택으로 꺼지기도 했다. 나는 꺼진 불 앞에서 멍하니 서 있었다. 그리고 스스로에게 묻고, 또 물었다. "엄마란 무엇일까. 내가 아이들을 향해 쏟은 이 사랑은 진정 올바른 길이었을까."라고.

"엄마가 왜 내 꿈을 좌지우지해."

아이들 뒤에서 늘 그림자로 있었던 나날들, 아이들 앞에서 짜장면이 먹고 싶지 않다며 단호히 거절했던 나날들, 아이들의 미래를 위한 엄마의 처음이자 마지막 교육법, 아이에게 전혀 맞지도 않는 내 꿈을 입혔던 유아 시절, 사랑이라는 이름으로 경쟁 속으로 뛰어들게 만든 사춘기 시절 등 나만의 사랑법으로 아이들에게 강요한 것은 아닌지, 또 내 욕심을 사랑으로 착각한 것은 아닌지, 어느 순간 내 마음속에 극도의 불안이 찾아왔다.

"엄마, 다른 엄마들한테도 얘기해 줘. 제발 자식들한테 공부하라며 강요하지 말라고."

답을 찾지 못한 채 방황하던 어느 날, 문득 내 마음 깊은 곳에서 오래도록 그리워하던 존재가 떠올랐다. 바로 내 엄마였다. 당신이 내게 남겨 주신 건 무엇이었을까. 학업에 대한 압박도, 숨통을 조여오는 집착도, 화려한 성취도 아니었다. 곰곰이 되짚어 보니 그것은 바로 '자유'였다. 내가 넘어질 자유, 잘못된 길을 걸을 자유, 그리고 다시 일어설 자유….

   이만큼 했으면 괜찮은 부모 아닙니까

그 자유가 있었기에 지금까지 걸어올 수 있었고, 여전히 삶을 이어가고 있는지도 모르겠다. 돌이켜보면, 그것은 우주 같은 사랑이었다.

이제 그 사랑을 내 아이들에게 전하려 한다. 그러나 그것이 얼마나 어려운 일인지 새삼 깨닫기도 한다. 간섭하지 않으면서 지켜보고, 붙잡지 않으면서 응원하는 것, 자유를 건네주되 필요할 때는 가장 든든한 그늘이 되는 것. 그건 어쩌면 '무심한 듯 은근한 돌봄'보다 더 높은 차원의 사랑일지도 모르겠다. 내 엄마가 나에게 그랬듯, 나도 이제 아이들이 가고자 하는 길목에서 서서히 물러서려 한다. 넘어지고, 또 일어서는 일을 반복하며 결국 행복의 길로 향해 갈 수 있도록.

그리고 한편으로 내 마음은 또 다른 질문 앞에 서게 된다. 이제 큰딸은 대학생의 거의 끝자락에 서 있고, 아들은 이제 대학생이 되어 조금씩 내 품을 떠나는 지금, 나는 누구인가. 오랫동안 '엄마'라는 이름에 가려진 '나'라는 사람을 다시 찾고 싶어졌다. 내가 무엇을 할 때 가장 행복했는지, 앞으로 무엇을 하며 살아야 행복할 수 있는지를 묻고 또 물었다. 그렇게 수많은 방황 속에서 나를 살며시 미소 짓게 한 한 줄기 빛이 있었다. 그게 바로 나의 질문에 대한 해답이었다.

그 해답은 멀리 있지 않았다. 늘 곁에 있었지만, 때로는 잊히기도 했던 것. 바로 글이었다. 쓰고, 읽고, 마음을 나누는 일. 그것이야말로 나를 가장 온전히 살아 있게 하는 일이라고 판단했다. 누군가를 가르치려는 글도 아니고, 보여주기 위해 억지로 꾸민 글도 아니며, 더군다나

SNS와 같은 시끄러운 소음 속에서 눈치 보며 쓰는 글도 아니다. 다만, 내가 살아낸 이야기, 겪어낸 아픔과 기쁨, 그 모든 삶의 조각들을 솔직하게 담아내는 것. 그리고 그것을 조용히 연결되는 누군가와 함께 나눌 수 있는 것. 그것이면 충분하다.

사실, 그동안 책을 내고도 조용히 숨었던 이유는 나를 찾아주는 이도 없었거니와 또 굳이 나를 드러내고 싶지도 않아서였다. 그냥 조용히 엄마로서의 삶을 살아내면서 동시에 내가 진정으로 원하는 게 무엇인지 발견하고 싶었다. 그렇게 시간이 흘러 이제 아이들은 성인이 되었고, 그동안 '엄마'였던 나는 다시 '나'를 찾기 위한 항해를 준비 중에 있다. 지금 쓰고 있는 이 글을 세상에 알리고자 하는 이유는 결국 나 자신에게 던지는 얘기이기도 하다. 엄마로서 최선을 다해 살아왔고, 이제는 오롯이 나를 위한 삶을 살고 싶다고….

앞으로의 바람은 어찌 보면 참 단순하다. 아이들의 행복을 옆에서 조용히 지켜보면서 내 삶을 위한 한 걸음도 놓치지 않는 것. 이제는 누구의 엄마이기 전에 한 인간으로서 내 이름을 다시 불러주는 것. 글을 쓰며 나 자신을 회복하고, 그 글을 통해 또 다른 누군가에게 작은 위로를 건네는 삶. 그것이 바로 내가 꿈꾸는 다시 나를 위한 삶이다.

"내면의 목소리에 귀 기울일 때, 비로소 삶은 시작된다." 이 말처럼 내 안의 목소리를 듣고 있다. 아들이 대학에 들어갈 무렵, 엄마로서의 '나'

 이만큼 했으면 괜찮은 부모 아닙니까

가 아닌 나 자신의 '나'에 대해서 참 많은 생각을 했다. 이제 나이도 그렇고, 인생 2막을 준비해야 할 시점에서 엄청난 혼란이 찾아왔다. 살림에, 육아에 정신없이 살다 보니 도대체 어디로 가야 할지 방향을 잃고 만 것이다. '나는 무엇을 하며 살아야 할까?' 다시 내 방향을 찾기까지 꽤 시간이 걸렸다. 바로 내 내면의 목소리를 들어야 했기 때문이다. 그리고 비로소 내 삶이 서서히 보이기 시작했다. 글을 쓰는 것이었다.

이 말 또한 깊은 울림이 있다. **"우리는 타인의 시선을 벗어나야 비로소 자신이 된다."** 나를 찾아가는 과정에서 참 많은 일들이 있었다. 기존과는 전혀 다른 분야로 갈 것인지, 분야와는 전혀 상관없이 그냥 돈을 벌 것인지, 자격증을 딸 것인지…. 여러 사람들의 애기를 들어봐도 이제 내 나이로는 한계가 있음이 느껴졌다. 하지만 무너지고 싶지 않았다. 누구의 시선도 중요하지 않았다. 남은 인생, 그냥 나 자신으로 살면 되는 것이었다.

아이를 키우는 길은 끝이 없는 여정 같지만, 언젠가는 한 계절이 저물듯 엄마의 자리도 조금은 물러서야 할 때가 온다. 그리고 그 자리에 남는 건 '나'라는 한 사람이다. 혹시, 지금 당신도 묻고 있지 않은가? '나는 누구인가. 나는 무엇을 하며 살고 싶은가.' 그 질문 앞에 서는 순간, 이미 새로운 길은 열리고 있다고 생각한다. 부모의 삶을 넘어, 나 자신을 위한 삶으로. 그것이야말로 우리 모두가 끝내 도달해야 할 진정한 목적지일지도 모른다.

함께 살아가는 연습

이제는 아이의 삶이 아닌, 나의 시간을 살아갈 차례다. 자식의 세계와 내 세계가 나란히 걸을 수 있기를 바란다. 누군가의 엄마로 살았던 날들을 지나 한 사람으로서의 삶을 다시 써 내려가자. 그 길 끝에서 다시 만나는 '나'가 가장 따뜻한 동행이다.

1. 자녀의 인생에서 완전히 물러나기보다, 조용히 응원하는 조력자로 남는다.
2. 아이의 행복이 아닌, 나의 평온이 중심이 되는 하루를 산다.
3. 부모 역할을 내려놓는 대신, 한 인간으로 다시 태어남을 연습한다.
4. 미뤄왔던 취미나 공부를 다시 시작한다. 그것이 곧 '나'로의 귀환이다.
5. 가족의 관계 안에서도 나만의 고요한 시간표를 갖는다.
6. 나를 돌보는 일이 곧 자녀에게 주는 마지막 배움이 된다.

버텨온 시간 끝에서
다시 나를 부른다

아이들이 내 곁을 조금씩 떠나 자신의 길을 걸어가는 모습을 바라보며, 나 역시 긴 시간 동안 잊고 지냈던 숨을 고른다. 아이들을 키우는 동안에는 늘 나 자신보다 아이들의 필요와 안전이 우선이었고, 내 마음 한 켠에는 늘 조그마한 긴장감과 책임감이 자리하고 있었다. 이제야 그 시간을 돌이켜보며 그 무거웠던 순간들이 사실은 사랑이었다는 것을 깨닫는다.

나는 늘 낳은 죄에 대한 죄책감을 안고 있었다. 아이들이 원한 삶이 아닌, 내가 원한 삶에 아이들을 불러들인 것 같아 내 부족함과 피로를 감추며 최선을 다해 살아왔다. 하지만 그 속에서 배우고 느낀 것은, 아이를 위해 몸과 마음을 내어주는 순간들이 바로 내 삶을 조금씩 넓히고 단단하게 만들었다는 사실이다.

아이들의 성장과 함께 한 번도 쉬지 못한 긴 항해를 돌아보게 된다.

유아기에는 그 여리고 작은 몸을 지키느라 잠을 쪼개며 밤을 지새웠고, 사춘기에는 날카로운 말과 눈빛 속에서 서로의 마음을 헤아리며 눈치껏 걸어야 했다. 그리고 성인이 된 지금, 그 모든 시간들이 차곡차곡 쌓여 '우리의 역사'가 되었음을 깨닫는다.

그 시간 속에서 아주 중요한 것을 알게 되었다. 부모로서 최선을 다했다는 사실은 단순한 결과나 성취가 아니라, 작은 선택과 순간의 반복 속에서 나타나는 사랑의 증거였던 것이다. 때로는 아이들 투정에 상처받기도 하고, 반항에 깊은 외로움을 느끼기도 했지만, 아이들의 웃음과 성장, 스스로 걸어가는 모습을 보며 그동안의 시간과 노력이 결코 헛되지 않았음을 느낀다.

아이들을 향한 사랑은 늘 조건 없는 것이었지만, 동시에 나 자신을 잃지 않도록 하는 균형이 필요했다. 이제 그 균형을 조금씩 찾아가며, 아이들이 독립된 존재로서 삶을 살아가도록 곁에서 나 또한 '나'라는 사람으로 다시 숨을 쉬고자 한다. 아이들에게 준 자유는 곧 내게 돌아오는 자유였음을, 이제야 더 깊이 이해하게 되었다.

이 책을 통해 전하고 싶은 마음은 단순하다. 부모라는 이름 안에 숨겨진 삶과 사랑, 그리고 갈등과 무거움까지 모두가 성장의 일부였다는 사실이다. 그리고 부모라는 존재는 아이를 위해 몸과 마음을 바쳤던 순간에도, 결코 지워버릴 수 없는 자신의 삶을 함께 지켜내야 한다는 점이다.

　　　　　　　　이만큼 했으면 괜찮은 부모 아닙니까

아이들과 함께한 시간과 그 속에서 느낀 감정들을 글로 정리하며 비로소 나 자신을 돌아볼 수 있었다. 힘들었던 순간도, 기뻤던 순간도, 모두 지금의 나를 만든 과정이었음을 받아들이며 이제는 그 모든 경험을 조용히 품고자 한다. 이 글이 누군가에게는 공감과 위로로, 또 다른 누군가에게는 자신의 삶을 돌아보는 계기로 닿기를 바란다.

이제 나는 아이들과 함께한 날들을 가슴에 담고, 앞으로의 삶을 조금 더 담담히 바라볼 것이다. 부모로서의 삶과 나 개인으로서의 삶이 때로는 충돌하지만, 그 안에서도 서로를 버티게 하는 힘이 있다는 걸 안다. 그 속에서 여전히 배우고, 성장하며, 사랑을 이어가고자 한다.『이만큼 했으면 괜찮은 부모 아닙니까』, 이 책이 끝나더라도 삶은 계속되고, 사랑은 이어질 것이다.

한눈에 보는
〈함께 살아가는 연습〉

공존을 위한 실천 노트

4-1. 함께 살되 서로의 공간을 지켜주는 법

함께 살아가는 연습

서로의 문을 닫는 시간은 거리를 두기 위함이 아니라, 서로를 존중하기 위함이다. 하루 중 짧은 시간이라도 혼자 머무는 공간을 인정하자. 같은 집 안에서도 '나의 시간'을 선물해 주는 것이 공존의 첫 연습이 된다.

1. 물리적 공간뿐 아니라, 정서적 거리도 인정한다.
2. '닫힌 방문'은 거절이 아니라, 자율의 신호로 받아들인다.
3. 가족이 함께 사용하는 공간엔 공용 규칙을 정하되 간섭하지 않는다.
4. 서로의 생활 패턴을 간섭하지 말고, 그냥 알려주기만 한다.
5. 일상의 대화 중 "오늘은 혼자 있고 싶어"라는 말이 자연스러운 분위기가 되도록 만든다.
6. 가족 간의 메시지(문자, 쪽지)를 통해 말보다 부드럽게 마음을 전한다.
7. '함께 있음'은 대화가 아니라, 존중 속의 침묵으로도 완성될 수 있음을 기억한다.

함께 살아가는 연습 노트

위 실천 중 지금 내 삶에 적용해 볼 수 있는 것을 표시하거나 적어보세요.

 이만큼 했으면 괜찮은 부모 아닙니까

4-2. 대화의 온도를 낮추는 방법

함께 살아가는 연습

말이 앞서면 마음은 멀어진다. 서로의 말투에 온도를 더하려면 한 번쯤 멈춤이 필요하다. 조용히 듣는 사람의 표정이 관계의 기온을 바꾼다. 무엇을 말하느냐보다, 어떻게 말하느냐를 먼저 떠올려 보자.

1. 말하기 전에 한 박자 숨 고르기를 습관화한다.

2. "맞아, 네 말도 일리가 있네"라는 한 문장이 대화를 적의에서 공감으로 돌린다.

3. 상대의 말이 마음에서 걸리면 바로 반응하지 말고, 시간을 두고 다시 듣는다.

4. 논리보다 감정의 온도를 먼저 살핀다.

5. "왜"보다는 "어떻게"를 묻는다. 추궁이 아닌 탐색의 언어로 바꾼다.

6. 대화 중단도 대화의 일부임을 인정하고 쉬어가는 용기를 갖는다.

7. 서로의 예민한 시간대엔 대화를 미루는 배려도 필요하다.

함께 살아가는 연습 노트

위 실천 중 지금 내 삶에 적용해 볼 수 있는 것을 표시하거나 적어보세요.

4-3. 기대하지 않되 필요한 순간에 기대기

함께 살아가는 연습

기대는 관계의 무게를 늘리고, 신뢰는 그 무게를 덜어준다. 모든 걸 함께 할 수는 없지만, 함께 있어 줄 수는 있다. 필요한 순간에 손을 내미는 용기보다 더 단단한 신뢰는 없다. 서로의 생각을 존중할수록 의지도, 독립심도 함께 자란다.

1. "네가 해줬으면 좋겠어"라는 말 대신 "이건 내 몫이지만, 네 생각은 어때?"라고 묻는다.
2. 자녀에게 도움을 요청할 땐 감정보다 상황을 솔직히 설명한다.
3. 기대를 줄이면 감사의 빈도가 높아진다.
4. 도움을 받았을 땐 "고맙다" 이상의 진심을 표현한다.
5. "이건 네가 해줘야 해"가 아닌, "이건 함께하면 좋겠어"의 톤으로 말한다.
6. 의존보다 교류로서의 기대를 연습한다.
7. 부탁은 짧게, 고마움은 길게. 관계의 온도는 그 순서에서 결정된다.

함께 살아가는 연습 노트

위 실천 중 지금 내 삶에 적용해 볼 수 있는 것을 표시하거나 적어보세요.

____

 이만큼 했으면 괜찮은 부모 아닙니까

4-4. 돈이 섞일 때 선 긋기

함께 살아가는 연습

돈은 감정을 쉽게 흔들지만, 명확한 경계는 관계를 지켜준다. 돕는 마음보다 중요한 건 '서로의 책임'을 인정하는 일이다. 거절은 냉정함이 아니라, 관계 유지를 위한 지혜다. 사랑은 돈으로 확인되는 것이 아니라, 서로를 생각하는 마음에서 드러난다.

1. 가족끼리 돈을 주고받을 때는 감정보다 약속이 먼저다.

2. 빌려주는 돈은 받지 못해도 괜찮은 돈일 때만 가능하다.

3. '얼마'보다 '어떤 마음으로' 주고받는지가 더 중요함을 서로 확인한다.

4. 용돈, 지원, 선물의 개념을 명확히 구분한다.

5. 돈 문제는 말로만 하지 말고, 꼭 글로 남겨두는 습관을 들인다.

6. 도움은 한 번이면 충분하다. 자주 반복되면 기대가 된다.

함께 살아가는 연습 노트

위 실천 중 지금 내 삶에 적용해 볼 수 있는 것을 표시하거나 적어보세요.

4-5. 세대 차이를 싸움이 아닌 풍경으로 바라보기

함께 살아가는 연습

세대의 차이는 틈이 아니라 풍경이다. 그 풍경을 다르게 본다고 해서 잘못된 건 아니다. '이해'보다는 '존중'이 더 현실적인 다리이다. 다름을 탓하기보다, 다르게 자란 세월을 함께 바라보자.

1. 세대 차이를 '다름'이 아니라, '다양함'으로 정의한다.

2. 모르는 것을 부끄러워하지 말고, 배우는 자세로 받아들인다.

3. 자녀 세대의 언어를 조금이라도 이해하려는 시도 자체가 존중이다.

4. "우리 때는 말이야" 대신 "요즘은 어떤지 궁금하네"로 바꾼다.

5. 서로의 세계를 설명하려고 하기보다, 서로의 시선으로 한 번쯤 바라본다.

6. 세대 차이는 벽이 아니라, 이해의 창문이 될 수 있다.

7. 결국 다름은 거리의 이유가 아니라, 서로를 배우는 이유가 된다.

함께 살아가는 연습 노트

위 실천 중 지금 내 삶에 적용해 볼 수 있는 것을 표시하거나 적어보세요.

 이만큼 했으면 괜찮은 부모 아닙니까

4-6. 함께하는 활동이 주는 편안한 친밀감

함께 살아가는 연습

많은 대화보다 나란히 걷는 한 걸음이 더 가까움을 만든다. 함께하는 시간 속엔 설명이 필요 없다. 요리, 산책, 커피 한 잔…. 그 단순함이 관계를 숨 쉬게 한다. 사이좋은 관계는 결국 같이 있는 자연스러움에서 피어난다.

1. 말이 없어도 되는 공동의 시간을 만든다. 산책, 요리, 드라이브 등.

2. 함께 있는 동안엔 '대화'보다 '경험'을 중심에 둔다.

3. 자녀가 좋아하는 활동에 단 한 번쯤 초대받는 마음으로 참여한다.

4. 사진보다 기억에 남는 시간을 의식적으로 만들어 간다.

5. 관계는 노력보다 자연스러운 반복 속에서 깊어진다.

6. "오늘은 그냥 같이 있고 싶었어." 이 한마디가 가장 큰 연결이다.

함께 살아가는 연습 노트

위 실천 중 지금 내 삶에 적용해 볼 수 있는 것을 표시하거나 적어보세요.

4-7. 무심한 듯 은근한 돌봄

함께 살아가는 연습

돌봄은 표현의 양이 아니라, 지속의 온도이다. 매일 묻지 않아도 안부가 마음에
머무는 사람. 말 대신 챙겨둔 따뜻한 수건 한 장이 마음을 닦아준다. 무심함 속
의 진심은 오래도록 기억된다.

1. "괜찮냐"보다는 "오늘 밥은 먹었니?" 같은 생활의 언어로 안부를 묻는다.

2. 조언 대신 묵묵히 들어주는 시간이 가장 큰 위로다.

3. 자녀의 일상을 직접 해결해 주기보다, 기댈 수 있는 기운으로 남는다.

4. 돌봄은 드러내는 게 아니라, 마음 깊이 스며드는 따뜻함이다.

5. 지나친 관심보다 꾸준한 존재감이 오래간다.

6. 자녀의 실패 앞에서는 말보다 침묵의 온기가 더 깊게 닿는다.

함께 살아가는 연습 노트

위 실천 중 지금 내 삶에 적용해 볼 수 있는 것을 표시하거나 적어보세요.

이만큼 했으면 괜찮은 부모 아닙니까

4-8. 짧고 진한 만남의 지혜

함께 살아가는 연습

함께하는 시간이 길지 않아도 진심 하나면 충분하다. 만남은 횟수가 아니라, 밀도에서 깊어진다. 짧은 시간일수록 말보다 눈빛이 더 많은 것을 전한다. 서로의 시간을 존중할 때, 그리움은 관계의 숨결이 된다.

1. 긴 만남보다 밀도 있는 순간이 관계를 지탱한다.

2. 각자의 일상 속 틈새 시간을 공유하는 것으로 충분하다.

3. 만나면 서로의 근황보다 감정의 안부를 먼저 나눈다.

4. 지나간 오해보다 지금의 안부에 집중한다.

5. 떠날 땐 여운을 남기되, 붙잡지 않는다.

6. 자주 만나는 것보다 진심이 관계를 오래가게 만든다.

함께 살아가는 연습 노트

위 실천 중 지금 내 삶에 적용해 볼 수 있는 것을 표시하거나 적어보세요.

4-9. 앞으로의 바람, 다시 나를 위한 삶

함께 살아가는 연습

이제는 아이의 삶이 아닌, 나의 시간을 살아갈 차례다. 자식의 세계와 내 세계가 나란히 걸을 수 있기를 바란다. 누군가의 엄마로 살았던 날들을 지나 한 사람으로서의 삶을 다시 써 내려가자. 그 길 끝에서 다시 만나는 '나'가 가장 따뜻한 동행이다.

1. 자녀의 인생에서 완전히 물러나기보다, 조용히 응원하는 조력자로 남는다.

2. 아이의 행복이 아닌, 나의 평온이 중심이 되는 하루를 산다.

3. 부모 역할을 내려놓는 대신, 한 인간으로 다시 태어남을 연습한다.

4. 미뤄왔던 취미나 공부를 다시 시작한다. 그것이 곧 '나'로의 귀환이다.

5. 가족의 관계 안에서도 나만의 고요한 시간표를 갖는다.

6. 나를 돌보는 일이 곧 자녀에게 주는 마지막 배움이 된다.

함께 살아가는 연습 노트

위 실천 중 지금 내 삶에 적용해 볼 수 있는 것을 표시하거나 적어보세요.

 이만큼 했으면 괜찮은 부모 아닙니까